사소한 것들의
아름다움

이복규 지음

 책봄

머리말

좋은 시는 쓸 자신 없어 시작한 아침톡!

이제 생각하니 참 잘한 일입니다.

1천여 독자 중…어쩌다 늦거나 빠뜨리면 즉각 날아오는 문자!

오늘은 왜 안 보내느냐?

무슨 일 있느냐?

며칠 전에도 애독자 강문수 후배가 꼭두새벽에 보낸 카톡은?

"눈 뜨자마자 카톡을 확인하고는

'어, 아침톡이 안 왔네~

오늘 형님이 무슨 일이 있나?

별일 아니었으면 좋겠네'하며 시간을 보니 6시 30분~ ㅋㅋㅋ"

아…시답잖은 내 잡문을 아침마다 기다리고 있다니…과분한 관심에 감격할 따름입니다.

더러 난해한 시와도 다르고, 긴 에세이도 아닌 쉽고 짤막한 아침 톡이라서 이런 대접을 받는 것이겠지요. SNS시대에 적합한 새 문학 갈래(장르)!^^

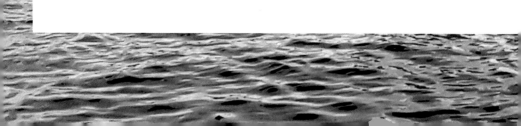

3년 전, 정년퇴직 기념으로 '이복규 교수의 아침톡톡 3집'을 냈습니다. 그후 3년간의 아침톡을 엮어 이 4집을 출판합니다. 돌이켜보니 2014년 8월부터 지인들에게 문자를 보내기 시작하여 올해로 만 10년째, 이 책은 아침톡 10년 기념인 셈입니다.

독자의 수가 자꾸 늘어, 현재 1,100명을 넘었습니다. 평일 아침 7시부터 8시까지, 딱 1시간 동안 보냅니다. 핸드폰 화면에 지인들의 성명을 10명씩 띄운 다음, '화살기도'와 함께 아침톡을 보냅니다. 매일 1시간씩, 지나친 낭비라고 나무라는 지인도 있으나, 세상에 태어나서 이런 봉사를 할 수 있다는 게 감사할 따름입니다.

책의 구성은 1부 가정과 행복, 2부 이복규가 만난 사람들, 3부 사회·문화의 이모저모, 4부 종교와 신앙, 5부 살아볼 만한 세상, 이렇게 다섯 마당으로 배열했습니다. 그동안에는 아침톡마다 독자의 댓글들을 가려서 함께 수록했으나, 이번부터는 본문만을 실었습니다. 맨 뒤에 아침톡 독자들의 댓글을 골라 실어, 독자들의 반응을 엿보게 했습니다.

지인들에게 아침톡을 보낸 10년 세월은 행복한 시간이었습니다. 내 일상을 핸드폰 화면 하나의 분량으로 압축하다 보니 글 솜씨도 늘고, 생활도 더 충실해진 듯합니다. 내 아침톡에 자극을 받아 지인들과 각자의 삶을 나누기도 한다니 보람입니다.

초벌 원고를 매의 눈으로 살펴 주는 아내 김범순 권사님 고맙습니다. 이번에도 흔쾌히 출판해 주신 책봄출판사 한은희 실장님, 변함없는 애정으로 아침톡을 읽으시는 독자 여러분 감사합니다. 정겨운 일상이 담긴 사진을 삽화로 이용하도록 선뜻 허락한 김기서 교수의 우정도 고맙습니다. 계속 더 좋은 아침톡으로 보답하려 노력하겠습니다.

2024년 가을을 맞이하며

이복규

목차

1부 _ 제복의 신부 아버지 : 가정과 행복

30년 만에 …………………………………………… 16

한나와 세민이 ……………………………………… 17

당신도 소녀 ………………………………………… 18

자식……………………………………………………… 19

지하철 경로석 두 할아버지의 대화 ……………… 20

공부 …………………………………………………… 21

아내를 위해 ………………………………………… 22

유학…………………………………………………… 23

잘했어? ……………………………………………… 24

제복의 신부 아버지 ……………………………… 25

우애…………………………………………………… 26

지네 삼 ……………………………………………… 27

어떤 남편 …………………………………………… 28

결혼식………………………………………………… 29

이 몸은 ……………………………………………… 30

남의 팔자 …………………………………………… 31

가족 추모의 시간 ………………………………… 32

안해 봐서 …………………………………………… 33

수영 경기 …………………………………………… 34

부자간 논쟁 ………………………………………… 35

가훈 …………………………………………………… 36

특별한 관계 ··· 37

미역국 ··· 38

좋은 아내 나쁜 아내 ······································· 39

엄마의 말뚝 ·· 40

한 달만 ·· 41

싸우더라도 ··· 42

신부 먼저 ·· 43

비타민 ··· 44

가족 ··· 45

전기가 무서워 ·· 46

그렇게 먹지 마 ··· 47

모전여전 ··· 48

요양원 ··· 49

가족 나들이 ·· 50

조심할 것 ·· 51

반찬 먹기 ·· 52

엄마 미워 ·· 53

형수님 ··· 54

팥빵 ··· 55

옛날이야기 ··· 56

빈 달구지 ·· 57

1만 끼 ··· 58

내가 힘들어 ·· 59

언제 또 ·· 60

매일이 ··· 61

균형 ··· 62

한 송이는 ·· 63

입양 심사 ·· 64

어떤 부인 ·· 65

어떤 여교장 ·· 66

2부 _ 3월 한 달은 위장 장애를 : 이복규가 만난 사람들

다 읽고 ·· 68

컵라면 덮개로 ·· 69

중2 여학생 ··· 70

에로스 ··· 71

n분의 1 마이너스 알파 ··· 72

고졸 평론가 ·· 73

기혼 여성 학자 ·· 74

별난 역사 교사 ·· 75

학자는 논문으로만 ·· 76

우렁각시 ·· 77

인공지능(AI) ·· 78

잘했어요 ·· 79

3월 한 달은 ·· 80

자네는 바쁘니 ·· 81

돌려줘야죠 ··· 82

세계적인 학자 ·· 83

시 암송 ·· 84

시인의 말 ··· 85

친한파 ··· 86

3년 내내 ·· 87

몸이 기억 ··· 88

날 잡자 ·· 89

고수와 ··· 90

답장 ·· 91

질문 ·· 92

날마다 ··· 93

회장님 ··· 94

60 ·· 95

10시까지····································· 96

추억·· 97

내가·· 98

청포도······································ 99

너무 좋아 ··································100

75세? ······································101

후배들이····································102

더 있다가 ··································103

어떤 공부 비결······························104

좋은 그림 ··································105

오늘이······································106

읽어야······································107

좋은 글·····································108

실력 없어요 ································109

칭찬·······································110

건물이 시켜서 ·······························111

학문··112

김용기 장로님 ·······························113

운동하고····································114

절실해서····································115

3부 _ 이제 밥은 누가 해 주지? : 사회·문화의 이모저모

누리호······································118

의좋은 형제 ································119

개바위? ····································120

민충정공 동상 ······························121

추사·······································122

좋은 책 ····································123

서희 장군? ···································· 124

설탕 ··· 125

제비 집 ·· 126

북한 교과서 ·································· 127

오복수퍼 ······································ 128

선거운동 ······································ 129

60대 ··· 130

넥슨 공연 ····································· 131

삼촌 ··· 132

어떤 결혼식 ·································· 133

동막? ·· 134

미국은 ··· 135

마포? ·· 136

출산율 ··· 137

할로윈 ··· 138

아직 얼굴도 ·································· 139

김장 ··· 140

홍차 전문점 ·································· 141

레일바이크 ··································· 142

비망기 ··· 143

십상? ·· 144

요리 원칙 ····································· 145

영어 ··· 146

70년대 사진전 ······························ 147

인공지능 ······································ 148

필체 ··· 149

냉이 ··· 150

이제 밥은 ····································· 151

새매 ··· 152

난해한 말들 ·································· 153

기지시? ·· 154

도토리 ·· 155

혼자만? ·· 156

91세 ·· 157

명강사도 ·· 158

강의 비교 ·· 159

선생님이 ·· 160

낙지와 멍게 ·· 161

복어 ·· 162

퇴계와 율곡 ·· 163

영화 <엔니오 : 더 마에스트로> ··················· 164

적서차별 ·· 165

유재(留齋) ·· 166

차라리 ·· 167

교통비 ·· 168

중산층? ··· 169

곰국? ··· 170

질문 안 받으면 ·· 171

어찌 이렇게 늦게 ······································· 172

스웨덴 ·· 173

왜 혼자? ··· 174

일본같았으면 ·· 175

20분 ·· 176

스트레스 ·· 177

이름 ·· 178

글씨 평가 ·· 179

카자흐스탄식 결혼 ····································· 180

제주도 ·· 181

거지의 다양성 ··· 182

사우디아라비아 ·· 183

톨레랑스 ·· 185

오징어 게임 ·· 186

독일 교육 ··· 187

왜 남의 것을 ··· 188

기자 ·· 189

천재의 독서법 ··· 190

우리 형의 공부법 ·· 191

옥수수 까서 ·· 192

수족관 ··· 193

you are hot ··· 194

4부 _ 기절초풍할 일 : 종교와 신앙

금주 ·· 196

스미다강 그림 전시회 ··· 197

남성당 ··· 198

고사 ·· 199

탄생 ·· 200

돼지고기 ·· 201

대추 ·· 202

누리호 2 ·· 203

문신 ·· 204

알지? ·· 205

잔소리같은 설교 ··· 206

낙하 훈련 ··· 207

죽으면 죽는 거지 ·· 208

창조주권 ·· 209

죄와 벌 ·· 210

기절초풍할 일 ·· 211

5부 _ 미안해 고마워 : 살아볼 만한 세상

유머···214

어떤 대리점 ·······································215

단추 집 ···216

밑반찬···217

학생들 덕에 ···218

미담··219

온몸이···220

하늘이···221

장학금···222

아끼는 것부터 ·····································223

영어 번역 ···224

얼마나 잘해 주었으면 ························225

상처··226

새옹지마··227

30년 전 연하카드 ······························228

세 가지만 ··229

17년간···230

가시··231

흉터··232

인간극장··233

못 받을 셈 치고 ·································234

복된 열등감 ··235

공기밥···236

외국어···237

미나리···238

직원들 때문에 ·····································239

래포··240

흥얼거림··241

아침톡을 읽고

방민(본명, 방인태) 강문수 신덕룡 권순긍 박동수 이경옥 강석우
구미래 권혁래 김동명김선자 김영복 김영진 김한나 남연호 류광미
박금빈 박동수 박수밀 박수진 배원정 백은하 복길화 신수일 신윤승
안병걸 안수정 위경환 유영모 이경옥 이만열 이선경 이순희 이창순
이헌홍 정규창 정덕교 정연화 조규익 조방익 차정연 최계량 최상열
허홍범

1one

제복의 신부 아버지 :

가정과 행복

30년 만에

"나와 결혼하면⋯대학 보내줄게⋯"

고졸 여성과 사귄 남성(강득성 선교사님)이 어느날 약속한 말이랍니다. 결혼 후 선교사인 남편 따라 중앙아시아행⋯

남매를 대학까지 졸업시켜 취업하기까지 30년⋯

남편이 약속 지켜 지금 대학생활을 하는 지인(이은영 선교사님)⋯

그 어렵다는 러시아어 문법을 일목요연하게 정리한 도표들을 보여주며 왈.

"대학 다니다 보니, 내게 이런저런 재능 있는 줄 미처 몰랐어요."

러시아어와 영어를 익혀, 남편과 함께 중앙아시아에서 나머지 봉사를 하리라⋯

기대에 차 있는 육순 지인의 빛나는 눈동자!

제때 공부했으면 교수 됐을 분⋯

아⋯아리스토텔레스도 말했죠? 타고난 능력을 발현한 상태가 행복이라고⋯

30년 가족 위해 헌신했으니 이제 마음껏 행복하시길!

한나와 세민이

조카딸 한나의 결혼식.
시아버님 되는 분의 기도와 감사 인사.
신랑신부 말할 적마다 이렇게 말합니다.

한나와 세민이…
한나와 세민이…

며느리를 자기 아들보다 앞세우는 어법!

고연전이냐 연고전이냐
남북이냐 북남이냐
신경전 벌이기 일쑤인 이 세상에서
참 듣기 좋은 소리였습니다.

한나와 세민이… 세민이와 한나…
부디 서로 세워주며 행복하기를!

당신도 소녀

"어머니…당신도 한때는 곱디 고운 소녀였습니다."
"아버지…당신도 한때는 멋있는 청년이었습니다."

지난 토요일…교회학교 제자 정범기 선생의 결혼식…
신랑신부가 부모님께 감사하며 만들어 띄운 동영상 속 멘트!
정말 아름다운 소녀가 수줍게 웃고 있었습니다.
양가 어머니가 손수건을 꺼내 연신 눈물을 훔칩니다.

"두 분이 만나…저희를 낳아…모든 걸 포기하고 키워주신 당신들…
이제 그 이름을 찾아드립니다.
아무개와 아무개…"
이러면서 양가 모친의 성명 3자를 또박또박 부른 후…
"고맙습니다."

참 특별한 이벤트여라.
더도 말고 덜도 말고, 이 마음대로 평생 살기를!

자식

"자식 중에
빚 받으러 온 자식도 있고
빚 갚으러 온 자식도 있다더니
우리 작은딸은 빚 갚으러 온 자식 같다."

어머니 이 말씀 듣고 무척 섭섭했다는 김신연 선생님!
내리사랑은 있어도 치사랑은 없다던데…

아…따님의 치사랑이 얼마나 뜨거웠으면!

지하철 경로석 두 할아버지의 대화

A : 요즘… 허리 아픈 마누라 휠체어에 태우고 시중들어.

B : 야, 나는 20년 전부터 그랬어. 그래도 그게 해피한 거야.
네가 휠체어에 앉고 네 부인이 끌고 다닌다고 생각해봐. 그
반대가 훨 낫지!

A : 그러네. 즐거운 마음으로 밀고 다녀야겠군.

B : 그래. 마누라들이 우리 대신 휠체어에 앉아 있는 거야.
우리 시대 마누라들이 얼마나 고생하고 살았냐 얼마나…

아… 이렇게 착한 할아버지도 있습니다. ^^

공부

"뇌과학으로 밝혀진 사실…
우리 뇌는… 자꾸 공부하라고 하면 공부가 싫어진대요."

공부에 대해 이야기하다 부길만 교수께서 들려준 말씀!

"나한테 공부하란 말 일체 없었던 우리 부모님…
가장 감사하게 생각해요."

아… 출판 분야의 우뚝한 학자가 나온 비결이 이것!
뭐든 제 스스로 꽂혀서 해야 한다는 말이겠거니…
그때가 꼭 오리라 믿고 기다려줄 뿐…
생각해보니 우리 부모님도 그러셨습니다.
나도 아이들한테 그랬습니다.

아내를 위해

어제 열린⋯재미 사업가 배병준 님의 회고록 "약속" 출판기념회에서 인상 깊은 사실들!

1. 이분 동창들은 6월에 중학교 입학하자마자 육이오 터져 3년 내내 전쟁 속에서 공부했다네요. 순진짜 헬조선을 겪은 우리 선배님들!

2. 미국에서 함께 사업한 친구 분이 밝힌 이분의 절약 정신⋯ 놀라워라.

   하와이 신혼여행시 호텔비 아끼려고 담요 갖고 해변에서 자다가 12시 넘어 들어가기!

   이렇게 구두쇠로 지내도 고향인 북한 회령에 빵공장과 학교 짓는 등 북한 돕는 데는 거금을 쾌척!

3. 가장 감동적인 일화는? 부인이 병으로 눕자⋯

   승승장구하던 사업 깨끗이 정리하고, 10년간 부인 병수발에 전념⋯

   치매로 기억 잃어가는 부인을 끝까지 집에서 돌봐 그 품에서 숨 거두게 했다네요.

유학

이웃집 손주 외국 유학 간다니까 무척 부러워한 어떤 할아버지!

막상 자기 손주가 떠난다니까
그날부터 울고 있다네요.

아…난해한 할아버지의 심리.^^

잘했어?

　우리 교회 고난주간 새벽기도회에서 찬송 부른 서유석 원로가
수님!
　마치고 나서 부인과 통화하는 걸 옆에서 들었죠.
　스피커로 해 놓아 뚜렷이 들리는 부인의 음성!

　"잘했어?"

　와… 1970년 데뷔… 만 53년 노래하는 분이건만…
이리 걱정하다니!

　세상 모든 아내의 마음은 똑같은가 봅니다. ^^

제복의 신부 아버지

해군에서⋯부사관인 원사 거쳐 장교인 준사관으로 전역한 조카(이학권)!

장녀 결혼식 신부 입장 때⋯

장교 제복 차림으로 딸 데리고 들어옵니다.

하사관 지원했다가 체중미달이라고 하자⋯

이미 작별인사하고 온 몸 돌아갈 수 없다며 재검 요구해 마침내 입대⋯

사령관 모시고 해외 방문에 총장 관사에서 근무한 적도 있는 조카!

아⋯제대하고도 그 제복 입고, 하객에게 절도 있는 인사말까지⋯

난생 처음 보는 장면이었습니다.

참 멋져라.

우애

"세종께서 우애가 지극히 도타와서 늘 그 집에 거둥하여 함께 이야기하다가…
저녁이 되어서야 파하곤 하였다."

조선왕조실록의 기록!
세종과 그 형 효령대군의 우애가 얼마나 좋았는지 보여주는 장면입니다.
상주에서 발표할 효령대군 관련 원고 탈고하면서 가장 인상적인 대목!

하루종일 이야기 나누다 헤어지고 또 만나는 형과 아우…
아름다워라.

아…5월 가정의 달…
모든 형제 자매 사이가 세종과 효령만 같다면 좀 좋을까요?
좀 좋을까요?

덧. 나는 효령대군 22세손입니다. ^^

지네 삼

"제가 아주 어릴 적, 숙부님이 저희집에서 공부하실 때…
너무 몸이 약해서…
말린 지네와 삼을 가득 넣어 어머님이 끓여주시는 걸 보고…
엄마 저 징그런 지네 먹어도 돼?

그럼!
삼촌은 공부 잘해서 훌륭한 사람 돼야 해서 몸에 좋은 이거 꼭
먹어야 해…

하셨던 기억이 납니다."

해군 준위로 예편한 조카가, 내 아침톡에 단 댓글!
까마득하게 잊고 살아온 형수님(박영자 님)의 은혜…

지금 여기 내가 있는 것…거저 된 것 하나도 없어라…
갚을 길 없는 은혜들.

어떤 남편

"우리 남편은…

시아버님께 용돈 드리려고 하면 말렸어요.

술 사 드실 건데 뭐하러 드리냐고…당신 보약이나 해 먹으라
고…

그런데 이상하죠?

남편이 그렇게 말리니까, 웃돈 더 얹어서 드렸어요."

익산에서 열린 멜빈대 이사회 후 점심 먹으면서…

김명상 이사장님 부인인 장영택 여사가 웃으며 하신 말씀!

아…진정한 아내 사랑?

고도의 심리 전략?^^

결혼식

"결혼식 때…

신부를 그 아버지가 데리고 들어가 신랑한테 넘겨주기…

왜 그 반대는 없죠?"

여성문학 강의에서 입센 작 〈인형의 집〉 설명하던 로쟈 이현우 선생이 제기한 문제!

시대도 많이 바뀌었으니…

신랑 아버지나 어머니가 신랑 데리고 들어가 신부한테 맡기기…

내 생각에도 괜찮을 듯합니다.

아니면 대등하게 서로 넘기며 부탁하기!

어떻게 생각하는지요?^^

이 몸은

"이 몸은 바로 어버이 몸이니

어찌 감히 이 몸을 공경하지 않겠느냐?

만일 이 몸을 욕되게 한다면

곧 어버이 몸을 욕되게 하는 것이다."

"여자 초학(女子初學)"이란 책의 마지막 대목!

1797년⋯학봉 김성일 선생의 9대 종손이 출가 앞둔 큰딸에게⋯

말조심, 몸가짐, 제사 모시기, 손님 접대, 시부모 섬기기, 남편 대하기, 태교와 자녀 교육, 바깥출입, 종 다루기 등등⋯

꼭 알아야 할 내용을 조근조근 한글로 적어 준 소책자의 발문입니다.

그 번역본을 읽다가, 이 대목이 특별히 감동이라 나눕니다.

남의 팔자

"남의 팔자 어떻게 고쳐? 그냥 둬.
내 팔자도 못 고치는 걸."

민주적인 가장으로 소문난 지인!
함께 〈엔니오: 더 마에스트로〉 관람 후 저녁 먹으며…
딸 이야기하다가 문득 이렇게 말합니다.
연극하다 말고 직장 다니다가…다시 퇴직하고 연극 공부 준비
하는 딸…
이 딸을 걱정하는 부인 향해 한 말이랍니다.

아…맞습니다.
성인이 된 자녀의 진로… 원칙적으로 남의 문제!
광복 78주년…
자유 대한민국에서, 하고픈 일 맘껏 하도록 격려하는 게 부모의
일이겠죠.

가족 추모의 시간

(함열 우리 가족 묘역의…3대 합동 추모식…추모의 시간!)

나 : "남한테 폐는 끼치지 말아야 한다."…

　　사랑방에서 기거하신 할아버지가 나한테 강조한 말씀.

큰누나(이점순 권사) : 남의 집 방문은 물론 잔치집에서도 식사하고 왔다며 굶은 채 돌아오셨음(답답하다고 할머니가 늘 핀잔!).

　그뿐만이 아님.

　길손이 들르면 재워 보냈는데…아침에 들어가 뵈면…

　손님은 따뜻한 아랫목에서 자고, 당신은 윗목에서 떨고 계셨음.

　아…남한테 폐 끼치지 말라고 말씀만 한 게 아니라 그리 사신 우리 할아버지(이순필 님).

　사랑도 실천하신 분.

　내년에는 9남매 중 또 누가 어떤 기억을 들려줄지 궁금하여라.

안해 봐서

가톨릭 신부의 주례사!
명동성당에서 들었습니다.
인상적인 대목 두 가지는?

"안해 봐서 잘 모르지만, 결혼이란…"

이 말…두 번이나 반복!
신부들의 원초적 고민이겠습니다.

"일년에 한 번 있는 결혼…"

이 신부가 난생 처음 맡은 주례사에서…
일생 한 번 있는 결혼…이라고 해야 할 걸 그만…이랬다네
요. ^^
자기도 그런 실수했듯…
신랑신부가 살며 실수하더라도 서로 관대히 품어주랍니다.

결혼 체험은 없으나, 귀에 쏙 들어오는 주례사여라.

수영 경기

"와…나는 100년간 헤엄쳐도 저럴 수는 없을 듯."

2024 파리 올림픽 남자 수영 중계방송 보다가 내 입에서 나온 말!

그 말 들은 아내의 대꾸는?

"아마도 저 수영 선수에게는, 당신처럼 글 쓰는 게 어려울지도 몰라요."

아…한 번도 내 글 칭찬한 일 없더니…

오래 살고 볼 일이어라. ^^

부자간 논쟁

"주어… 이 표현은 좋지 않다.

'가라사대' 같은 문어체적 표현이니, 구어체 즉 입으로 말할 때는

주님! … 이렇게 말하는 게 좋다."

큰아들(범신)과 대화 중…

내가 이렇게 말하자, 다른 것은 고치지만 이건 그대로 하겠다

고… 이래서 5월 가정의 달에 벌어진 부자간의 격렬한 논쟁!

자칫 파국에 이를 뻔했으나 내가 양보하기로 했습니다.

이유는?

자세히 들어보니, 교회 찬양 인도자인 아들 말에 일리가 있었기

때문!

"국어학적으로는 '주님'이 맞지만…

음악적으로는 '주여'가 발음상 유리해서 그러함.

'주님'은 폐음절로 끝나, 발성상으로나, 뒷말을 잇는 데나 부담스

러움.

혼자 기도할 때는 '주님'으로… 찬양 시간에 기도 유도할 때는 당

분간 그냥 '주여'로 하겠다는 것. 아버지 무시해서가 아님."

아… 논쟁, 대화, 경청의 소득!^^

가훈

우리나라에서 중국 고전 번역을 철저하게 가장 많이 완역한 임동석 교수!

무려 200여 종이라죠?

그 가운데 하나인 "안씨가훈"을 장맛비 내리는 날 꺼내 읽다가…

책날개에서 눈에 확 들어온 이야기!

"진나라 때 사안이라는 이는 그 아내가 '어떻게 당신은 자식 교육에 애쓰는 꼴을 볼 수가 없죠?'라고 불만을 토로하자,

'나는 항상 자식을 가르치고 있는데….'

라고 대답했다는 고사가 있다.

부모의 바른 행동만큼 훌륭한 가훈이 없다는 뜻이다."

아… 집에서 나도 많이 듣던 소리…

퍽 위안이어라. ^^

특별한 관계

"나는 아내가 요청하는 일이면 뭐든 거부 못해요."
어떤 분이 그렇게 말하기에 물었죠.
"왜 그러시죠?"
"아내와 특별한 관계거든요."
뭘까?
궁금하면 못 참기에, 가까운 분한테 물어 알아냈죠.

암 3기 판정 받은 그 남편
지극 정성으로 살려냈다네요.
즉시 핸드폰도 없애고,
공기 좋은 시골로 데리고 가 간호하기…
나을 때까지 전심해 그랬다네요.
활달하기 그지없는 분이 모든 활동 접은 채…
오직 남편 살리려 그랬다네요.

특별한 관계인 것 맞습니다.
생명의 은인…
무슨 일이든 들어줄 만하여라. ^^

미역국

"오랜 만에 먹네요."
오랜 만에 아침 식탁에 오른 미역국 보며, 이렇게 말하자,
비로소 털어 놓습니다.
아들 취업하기까지 올리지 않았노라고…^^

미끌미끌한 미역 먹으면
시험에서 미끄러진다는
우리 속신…
과학적 근거 전혀 없건만
그리 믿는 우리 문화.
행여
자식한테 해로울까 봐
태교 때처럼 조심 조심…

어머니 마음. ^^

좋은 아내 나쁜 아내

"남편이 종일 집에 있게 하는 게 좋은 아내.
종일 있지 못하게 하면 나쁜 아내."^^
팔순 연세에도 저술과 유튜브 방송 왕성한 조동일 선생님의 말
씀입니다.
아주 위험(?)한 발언이라 생각하는 순간.

"좋은 아내냐 나쁜 아내냐는 남편 하기 나름.
종일 있으려면 몇 가지 노력이 필요해요."

비결은?
첫째, 하루 한 끼는 해서 바치거나 외식한다.
둘째, 설거지와 쓰레기 처리는 전담한다.

어디서 배우셨냐니까, 경험으로 깨친 거랍니다.
점심 모시러 갔다가 에너지 충만히 받고 왔습니다.

엄마의 말뚝

10년 전 작고한 박완서 선생의 대표작 〈엄마의 말뚝〉.

작가의 자전적 소설이라죠.

구시대 여성으로 태어난 어머니가, 딸만은 신여성 만들기 위해 희생한 이야기!

개성을 떠나 서울에 말뚝 박으려 분투해 성공하기…

삯바느질해 자식 뒷바라지하면서도 딸한테는 절대 금지한 것은?

바느질!

현모양처가 미덕이던 구시대 여성에겐 필수였으나,

대등하고 독립적인 신여성 되기 위해서는 학교의 글 공부가 더 중요해 그런 것.

그 바람에, 위대한 여성작가가 탄생한 것이죠.

생각해 보니 우리 아버지도, 내가 지게질 못하게 했죠.

무거운 짐은 당신이 대신 다 짊어진 것.

그 덕택에 이 아침톡도 나누는 거겠죠?^^

한 달만

대학생 시절에 성경공부 인도해 주신 김강종 목사님.

나를 사랑하는 여성과 내가 사랑하는 여성…

둘 중 어느 여성과 결혼할까 고민할 때,

아주 적절한 말씀으로 상담해 주어, 지금의 행복 누리게 해 준 분입니다.

45년 만에 만나 정담 나누노라니, 어떤 여자 후배 애정 상담도 지혜롭게 해 줬다네요.

사랑하는 남자가 헤어지자며 다른 여성과 결혼하려 하자,

포기 못하고 괴로워해 이렇게 말했다죠.

"한 달만 지나면 잊혀진다. 보내줘라."

미국 유학 가서 학위 받고 돌아와 다른 사람과 결혼해 잘 살고 있는 그 후배.

어느 날 찾아와 그러더라네요.

"신기해요. 죽고 못 살 줄만 알았더니,

정말 한 달 지나니 괜찮아졌어요."^^

싸우더라도

"아들아, 결혼 축하한다….

(중간 생략)

행여 너희 부부 싸우더라도,

우리집엔 오지 마라.

현관문 비밀번호 바꿀 거다."

지인의 딸 결혼식에서, 신랑 모친인 강선미 교수가 아들에게 낭독한 편지입니다. 오면서, 재미있는 당부라고 하자 보충하는 말.

"며느리는 들어오게 하고, 아들은…"^^

신부 먼저

어떤 결혼식 피로연 식탁 위에 깔린 받침 종이.

강예나
우주

신랑 신부의 이름을 적었는데, 신부 먼저…
뒷면을 보니, 거기엔 신랑부터…

안 봐도 비디오. 두 사람이 의논해 그렇게 한 거겠죠.
대등한 관계로…

신랑 모친이 아들한테 쓴 편지 낭독하는 걸 듣고 짐작했습니다.
"네가 예나를 끔찍하게 챙기는 걸 보고 생각했다.
어쩌면 그렇게도 너희 아버지를 쏙 빼 닮았단 말이냐…"^^

틀림없이 잘 살 것만 같은 새 부부.
그래서일까요? 시종 싱글벙글 신부의 환한 얼굴.
보기 좋아라. ^^

비타민

친구(박길수 영어교육학박사) 집에 갔다가 훔쳐본 장면.

세살바기 외손녀와 친구가 화상통화하는 현장이었습니다.

"혜린이는 내 비타민!"

"비타민? 그럼 언니는?"

바로 터지는 친구의 대답.

"응. 언니는 내 선샤인(햇빛)!"

오글거리는 그 장면 보고 나서

전혀 오글거리지 않고 흐뭇하기만 했습니다.

비타민, 햇빛 없이는 살 수 없는 우리…

누군가가 나를 그렇게 여겨준다면 살맛 나겠죠?

언제 한번 나도 써 먹어 봐야지…^^

가족

"가족이란 개념은 중산층한테만 있어요."
책 많이 읽기로 소문난 로쟈 이현우 선생이 독서 모임에서 한
말.

이게 무슨 소리?

"귀족한테는 가족 개념 없어요.
서로 경쟁관계일 따름. 유산 상속 누가 더…"

"하층민한테도 없어요. 그냥 집구석일 뿐.
생존을 위해 팔기도 해 흩어지기 일쑤였죠."

듣고 보니 끄덕여집니다.
요즘도 재벌 집안… 왕자의 난이니 뭐니…
서로 보살피려 하는 가족 의식은 생존 문제 해결한 중산층이나
가능하다니…

가족의 행복 위해서도 기본재산은 마련하려 힘쓸 일입니다.

전기가 무서워

ㄱ대 전기공학과 명예교수인 분.
전기가 무서워 전구 하나 갈아 끼우지 못한다네요.

그 부인이 웃으며 하는 말에 위로받았습니다.
나만 전기 무서워하는 게 아니었습니다. ^^

하지만… 전기박사가 전기 무서워하다니 …?
알다가도 모를 일. ^^

그렇게 먹지 마

"콜라, 이제 그렇게 먹지 마, 엄마."

딸의 혼인 날짜 잡은 지인이,
콜라를 밥그릇에 따라서 먹자,
그걸 보던 딸이 이렇게 말하더랍니다.
지인의 해석이 재미있습니다.

"신랑감 앞에서도 그럴까 봐 그런 것.
아무튼 이제 신경쓰여요. ㅎㅎㅎ"

모전여전

논술학원으로 명성 쌓아 국어학원 운영하고 있는 졸업생(안상숙 원장).

"예전에 만났을 때, 옆에서 책 읽던 딸⋯ 어떻게 됐지?"

어머니 지도로 탄탄해진 논술 실력으로 ㅅ대 국문과 졸업했답 니다.

"그럼 교수 지망?"

"아니요. 연구보다 교육 체질⋯

이 학원 물려받아 운영하겠대요."

참 부러운 일.

딸이 어머니 일을 물려받으려 하다니⋯

어머니를 존경해야 가능한 일.

자신이 그랬던 것처럼,

학생들 잘 지도해, 꿈 펼치게 해주려는 것이겠죠.

모전여전.

요양원

요즘 요양보호사 공부하고 있는 여성 시인.
그간 어머니한테 무심코 했던 말이 노인 학대죄라는 사실
비로소 알아 반성 중이랍니다.
구순 어머니…
누군가 당신의 물건을 가져갔다고 자꾸 의심하기에, 짜증나 여러 번 던진 말.

"자꾸 그러면 요양원에 보내요."

그 말에 정서적으로 큰 상처 받으신다는 걸 미처 몰랐노라며…

아직… 요양원행을 현대판 고려장으로 여겨 그러시는 거겠죠?
내 집같은 요양원 나올 때까지는…

가족 나들이

아들 가족 따라 나들이 다녀온 지인.

1. 음식이 애들 위주…
2. 코스도 애들 위주…

싫은 내색하려다 잠자코 따랐답니다.
뭐라고 했다가는…
다시는 데려가지 않을 것 같아…^^

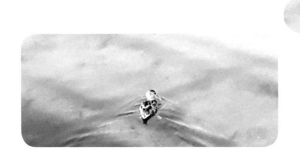

조심할 것

시어머니가 조심할 것 두 가지.
두 며느리 둔 지인이 강조한 것입니다.

1. 말 조심. 특히 편애하는 말 하지 말 것.
2. 음식 나눠줄 때, 각자 가져가고 싶은 것 골라 가져가게 할 것.
   섣불리 나눠주다가 탈나기 일쑤.

반찬 먹기

급체한 어느 부인.
뭘 먹고 체했죠?
이렇게 묻자, 남편(박성흠 권사님)이 대신 답합니다.

"김치 쪼가리 몇 개.
무엇 몇 개…"

아주 세세히 목록을 밝힙니다.
놀라워라!

위장이 약해 걸핏하면 소화불량 호소하는 부인…
그걸 아는 남편이 메니저처럼 늘 관찰하는 거겠죠.
매의 눈…사랑의 눈으로.
1등 매니저.^^

엄마 미워

처형의 딸(조가연)이 결혼해 아이를 낳아 백일쯤…

처형 가족과 여행하며 가까이에서 지켜볼 수 있었습니다.

배고프다고 울면 우유 타 물려주랴,

기저귀 갈아주랴, 자주 안아주랴…

젊은 애기엄마는 쉬지도 못하고 아이에 매달렸습니다.

처형이 말했습니다.

"애 낳기 전에는 감기 한 번 걸리지 않더니…

애기 낳더니만 노상 감기가 떨어질 줄을 몰라요."

애기 어르는 처조카딸을 보면서 내가 말했습니다.

"엄마 없이는 살 수 없는 게 애기…장성하면 저절로 큰 줄 알겠지?"

그랬더니 하는 말.

"친구들이 그래요. 금쪽같이 키운 애기가 자라나, 어느날 새로운 말 배워와

'엄마 미워!'

이럴 때, 얼마나 충격이 큰지 한동안 헤어날 줄 모른대요."

형수님

요즘 철이 들면서 깨달은 것 가운데 하나는?

형수님(차정연 집사님) 은혜.

대학 시절 내내…혹처럼 붙어 다닌 총각 시동생을 거둬 주셨죠.

신혼 때부터 두 조카 낳아 키울 때까지…

빠듯한 살림에 방 하나 더 있는 집을 얻어야만 했죠.

남가좌동…시흥동…중곡동…

참 끈질기게 붙어 다닌 혹.

그 고충 모르고 살다…

환갑 지나서야 비로소 깨달았습니다.

"고맙습니다. 거둬 주셔서…"

선물과 함께 메시지 보내자 주신 문자.

"어머니 일찍 여읜 시동생…내가 더 잘 돌봤어야 하는데…

미안해요. 그땐 철이 없어서…"

아…장학금 받을 때만이라도 뚝 떼서 맛난 것 사 드릴 걸…

책만 사 모으지 말고 사람 노릇도 좀 할 걸…

팥빵

사촌누나(이명희 전도사)…고향에서 살던 시절의 비화 들려줍
니다.

농번기에 일꾼들 주려고 팥빵을 쪘기에…
하나쯤은 줄까 고대했으나…
일꾼들 먹이기에도 부족하다며…
안 주시더라죠.

며칠 후 장에서 돌아오신 어머니…
광주리 가득 팥빵 사와 하신 말씀…
애들아 실컷 먹어라…

그런데 이상한 점 하나. 머리에 쓴 수건…
주무실 때도 벗지 않더라죠.
주무실 때 살짝 들춰보니 소담하던 머리 온데간데 없어라.
자식들 빵 먹이려고…머리 잘라 파신 것!

궁핍하던 시절의 우리 어머니…우리 엄니들.

옛날이야기

옛날이야기 연구 1세대 학자 임석재 선생의 따님인 임돈희 교수…

학술대회 참가하러 가는 승용차 속에서, 몰랐던 사실을 들려줍니다.

팔순에도 동요 쓰셨다는 임석재 선생님…

이분한테 옛날이야기 들으며 자란 손녀딸(혜령)이,

출판사 근무하면서 동화 작가로 활동하고 있답니다.

할아버지의 동요로 쓴 동화…베짱이가 왜 베짱이인지…

초등학교 국어책에 실렸다네요.

나도 둘째아들(선범) 어릴 때…

밤마다 옛날이야기 들려줬죠.

밑천 떨어지면 막 지어내서 들려줬죠.

그 영향일까요? 컴퓨터 프로그램을 만듭니다.

이야기 좋아하면 가난해진다?

아닙니다.

창의력 키워주는 듯!^^

빈 달구지

어머니 장례 모시는 기간…
형과 함께 거닌 큰누나네 시골길.
문득 형(이재관 장로)이 하는 말.

"달구지 끌고 다닌 아버지…
빈 달구지에 한 번도 타신 적 없었어.
소한테 차마 미안해 그러셨던 게지."

장날이면 동네 사람들의 온갖 짐…
달구지에 실어 날라다 주고 그 삯(태비) 받아 가용에 보탠 아버지. 〈워낭소리〉에 나오는 할아버지는 타고 돌아오시던데…

아마, 우리 아버지가 더 힘이 좋았거나
더 사랑했거나…^^

1만 끼

"아내가 그간 내게 차려준 밥상…
계산해 보니 무려 약 1만 끼…"

교수와 모교 교장으로 일하다 최근 은퇴한 김철경 선생님…
함께 만난 자리에서 한 말입니다.
통계와 실험 중시하는 생화학 전공자다워라.

한마디 덧붙이는 말.
"삼식이는 죽일 놈이래요.
덜 먹으려 노력하고 있습니다."^^

내가 힘들어

학회에서 제주도 갔을 때…
새벽에 산보하기로 약속한 칠순 지인.
이튿날 그 부인(한경신 님)이 나와 말립니다.
캄캄한 데 걷다 낙상하면 큰일난다며…
그러면서 하는 말.

"당신 드러누우면
내가 힘들어…"

아…부부일심동체…
이게 무슨 말인지 절절히 깨달았습니다. ^^

언제 또

제주도에 여행 온 노부부.
동백식물원…
빨간 동백꽃 아래에서 한 방 찰칵!
외돌개 보이는 제7올레길에서 또 한 방 찰칵!

사진에 소극적인 남편한테 그 부인이 반복해 강조하는 말.

"언제 또…
우리가 여기 오겠어?"

매일이

"여보, 우리 결혼기념일 잊지 마요."
지인의 부인이 이렇게 말하면 그 남편이 이런다네요.
"매일이 결혼기념일인데 뭘…"
생일 기억하라고 해도 마찬가지.
"매일이 생일인데 뭘…"

그런데
이 말 전하는 그 부인의 표정이 아주 밝습니다.
정말 그렇게 환대하며 사는 남편인 듯. ^^
잠꾸러기 아내 푹 자라고, 스스로 아침 챙겨 먹고 나간다니…
^^

균형

"도스토예프스키…
작가로서는 위대한지 몰라도
남편으로서는 위대하지 못해요."

톨스토이와 함께 러시아를 대표하는 소설가 도스토예프스키의 마지막 부인이 한 말.
〈악령〉 뒤에 실려 있는 어느 분의 이 해설을 읽다 위로받았습니다.

아…다 잘할 수는 없구나!

시간강사하느라…야간이라…
여러 이유로 어릴 때 놀아주지 못해 늘 미안한 큰아들한테 이 얘기해 주며, 균형잡지 못했노라 고백하자 하는 말.

"놀아준 일 별로 없어도…합천 해인사랑 데리고 갔어요.
균형잡으신 편."

거짓말일 망정 고마워라. ^^

한 송이는

어느 분의⋯부인 환갑 축하 방법⋯
꽃집에서 장미 60 송이 주문하기!

"환갑이니 61 송이⋯
한 송이는 왜 빼죠?"

꽃집 주인의 물음에 이 남편 분 대답은?

"나머지 한 송이는⋯ 나!"

60 송이 장미 꽃바구니⋯
도저히 들 수 없었노라며 활짝 웃는 그 부인.
평소에 엄청 꽃 좋아하는 분⋯
원 없겠습니다. ^^

입양 심사

kbs 인간극장 보다가, 입양에 대해 비로소 안 사실!
아무나 원한다고 입양하는 게 아니라네요.
통장 내용과 전과 유무 등등
그야말로 탈탈 털린 다음에야 입양 허락하더라죠.
아이를 데려다 잘 키워줄 수 있는지 충분히 검토하고서야…

그 말 듣자 드는 생각!
아…우리집 아이들도 하나님께서 그렇게 해서 보냈거니…
이모저모 살펴본 끝에 그래도 낫겠다 싶어 맡긴 천사들…

과연 만족하는지…살짝 물어보고 싶어라. ^^

어떤 부인

"당신… 거기 있다가는 박사논문 못 쓴다.
당장 그만두라."

석사학위 받고 어느 기념관에서 일하던 남편한테 이렇게 말한
그 부인.
그날부터 2년간 화장품 외판원으로 일해 뒷바라지…
그 덕분에 사찰에 들어가 논문에만 집중해 박사 받았다네요.

27년 전 국사편찬위원회에서 초서 공부한 동학들의 소식이 궁
금하던 중…
어제 들른 후배가 들려준 사연 가운데 가장 흐뭇하여라.
내 친구 부부는, 서로 교대로 박사 만들어 줬지요.

어떤 여교장

지난 주말, 퇴직 교수 축하 모임에서 들은 이야기.
교사로 있다 퇴직한 그 부인이 봤다는 실화입니다.

어떤 여교장의 정년퇴직 행사장…
어느 때와 다른 점 하나, 그 아들도 초청한 점.

사회자가 아들한테 질문하더라지요.
"우리 교장 선생님은 한번도 화내신 적 없어요.
집에서도 그러셨나요?"

그 아들의 대답.
"네? 그럴 리가요… 분노의 우리 어머니…
학교에서라도 안 그러셨다니 천만 다행이군요."

그분… 집에서나마 화를 냈기에, 건강히 정년퇴직했을 듯. ^^

2 two

3월 한 달은 위장 장애를 :

이복규가 만난 사람들

다 읽고

"교과서에 나오는 작품…. 모두 다 읽고 가르쳤어요."

고교 국어 교사 명퇴한 정종기 선생님!
작품의 일부만 교과서에 수록…출제도 그 안에서만 이뤄지지만…
교사의 양심상 달랑 그것만 읽고 가르칠 수 없어,
작품 전체를 다 읽고 수업에 들어갔답니다.
전체 줄거리를 비롯…혹시라도 학생이 질문하면 대답하려고…

기다린 질문 없어 서운했지만,
그 바람에 여러 작품 섭렵해 좋았다는 정 선생님!

아…과잉 수업 준비? 사랑은 낭비여라. ^^

컵라면 덮개로

"내 책… 컵라면 먹을 때 덮개로 쓰면 묵직해 좋을 겁니다.
컵라면 안 드시면 김치찌개 받침으로…
퇴침용으로 써도 됩니다."

우암 송시열 선생이 유배당해 위리안치 상태에서 쓴 시들을 번
역하고 풀이한 "도학의 위안" 책 잘 받았노라 내가 카톡으로 사례
하자…
저자 곽신환 선생님이 보낸 답글입니다.

〈홍길동전〉 작자인 성소 허균이 쓴 원고 제목을 '성소부부고
(惺所覆瓿藁)'…'항아리 덮개로나 쓸 원고'라고 붙였다더니…

내가 다시 보낸 답글은?
"나도 위안을 받기 위해… 읽어야 합니다."^^

중2 여학생

"방송드라마 쓸 때…
누구를 대상으로 써야 하는지 아세요?"

'슈바이처 제자 이일선과 인술의 실천가들' 책 교정 보러 들른 전
정희 기자!
왕년에 드라마 작가 해보고 싶어 그 강의 들은 적 있다며 내게
묻습니다.
답은?

"중2 여학생!"

이 수준으로 써야 누구나 알아들을 수 있답니다.
내 아침톡 쓰기도 그런 듯… 조금만 어려워도 바로 댓글 달립니
다. 어렵다고…

아… 쉽게 쓰기의 어려움이여!^^

에로스

"우리말로는 '사랑'이 1가지 ··· 그리스어로는 무려 8가지!

필리아(친구간 사랑) 스톨게(가족간 사랑) 마니아(소유적 사랑) 루더스(유희적 사랑) 프라그마(이기적 사랑) 플라우티아(자기 사랑) 에로스(연인간 사랑) 아가페(이타적 사랑)"

플라톤 저《향연》줌 강의에서 로쟈 이현우 박사가 한 말!

우리는 '사랑'이란 말 하나로 그때그때 다양하게 표현하건만

그리스어에는 우리의 '사랑'에 해당하는 말이 없다네요.

7인이 향연에서 술마시며 연설한 사랑은? 에로스!

남녀간의 사랑? 아니랍니다.

능력있는 중년 남성과 미소년(사춘기 지나 턱수염 나기 직전)의 사랑!

에그머니나 ···

사랑하는 남자와 사랑받는 남자 간의 동성애를 이상적인 최고 사랑으로 여겼다니 ···

명예로 생각했다니 ···

아! 사랑에 대한 생각도 패션처럼 시대 따라 다르다지만 ···

여성, 노예, 못 생긴 아이는 어쩌라고 ··· ^^

n분의 1 마이너스 알파

1/n -α

칠순의 부길만 선생님이 만든 법칙…

학회 뒤풀이에서 말해줍니다.

모임에 참석해 아무리 말 많이 하고 싶어도,

위 공식대로 했더니 다들 좋아한답니다.

n분의 1 마이너스 알파?

예컨대…6명이 1시간 모일 경우…1인당 10분씩!

나는 그 10분보다 조금 적게!

한번 실천해 보시죠. 사랑받기 위해. ^^

고졸 평론가

인사동 그림 전시회에서 만난 문학평론가.

고졸!

글이 좋으니…당연히 높은 학력이겠거니 여기고,

여기저기서 원고 요청한다네요.

김인환, 유종호 선생의 글 좋아한다는 이분의 촌철살인 한마디!

"시집의 해설, 아주 많이 써 주는 몇몇 박사급 교수 평론가의 글…

나는 읽지 않아요.

시집마다 다르게 써야 하련만, 일정한 틀로 찍어내듯 쓰는 글…"

학력과 무관한 BTS를 비롯한 한류의 주역들처럼!

학력 환상에서 확 깨어나게 하는 고졸 평론가….

우리 교육 반성하게 하여라.

기혼 여성 학자

정동 사무실에서 점심 약속으로 만난 신화학자 김 교수…
식당 붐비는 시간이라 좀 늦게 가도 되냐니까 하는 말.
"저는 지금이 아침…
밥 늦게 먹어도 괜찮아요."
무슨 말?
늘 새벽 4시에야 취침하다 보니 그렇다는 것!
원래부터 저녁형 인간?
아니라네요.
결혼해 자녀들 뒷바라지하며 공부하기…
가족 모두 잠든 다음에야 공부하고 연구할 수 있어 그리 되었다
니…
짠하여라.
아침밥은 가족들이 스스로 해결하여 협조하고 있다니,
그나마 다행이어라.

별난 역사 교사

"〈설공찬전〉 발견자가 선생님이라고요?"

처음 만난 고교 역사 교사 윤여만 선생님.

누가 나를 소개하자, 내 글 읽었노라며 반깁니다.

대화하다 보니 별난 역사 교사!

교과서에 나오는 유명 인물의 현장을 답사해 왔다니, 그 열정 놀라워라.

재직할 때, 다산 정약용, 연암 박지원 등등은 물론…

은퇴하고 나서 최근에,

최초 소설 〈금오신화〉 지은 매월당 김시습의 남한 행적 모두 찾아가 봤다니…

〈설공찬전〉은 아직 교과서에 실리기 전이라,

채수의 고향(음성)과 창작지(상주), 배경지(순창)는 아직 안 간 듯.

언제 한번 동행하고 싶어라.

학자는 논문으로만

대학원 지도교수 김태곤 선생님.
귀에 못이 박히도록 늘 강조하신 말씀.
"학자는 논문으로만 말한다."
"무조건 1년에 한 편은 써야 한다."
"보고서도 제출용이 아니라 논문으로 발전시켜라."

밥알 흘리면 죄로 간다는 우리 할머니 말씀같은 그 말씀.
그 가르침대로 살다 보니 논문 158편, 단독저서 50종.
그후 엄격해진 교수업적평가제도 아래에서도 천하태평…
안전을 누리고 있습니다.
언젠가 쥬스 사 들고 찾아 뵙자
"학자가 이런 것 사 가지고 다니는 것 아니야."
호되게 걱정하셨죠.
주머니 가벼운 제자…공부만 하라고 그러셨던 거겠죠.

선생님 복, 학자의 가장 큰 복입니다.

우렁각시

"한국신화 공부의 즐거움"

이 제목으로 강의하러 아침 일찍 찾아간 외대 송도캠퍼스 국제
교육관.

8시 40분쯤 도착했더니, 아주머니 한 분만 걸레질하시는 중.

"아주머니, 몇 시에 나오세요?"

"오전 7시에 나와 오후 4시까지…"

"직원들 출근 전에 청소 다 마치는데 왜 호우 4시까지 계시죠?"

아주머니, 웃으며 하시는 말씀.

"잡초 뽑아요.

신축 건물 주위…

끝도 없고 표도 안 나요."

어쩐지… 유난히 정갈한 국제교육관 안팎!

이제 보니, 우렁각시 아주머니 덕분이어라.

인공지능(AI)

"인공지능이 사람을 능가하게 될까요?"

학술모임에서 만난 인공지능 연구자(성대 박진영 교수)한테 물었죠.

"2040~2050년쯤이면 사람 수준으로…

2060~2070년에는 사람을 능가할 거로 봅니다.

알파고처럼, 이미 특정 분야에서는 능가!

3~5년 주기로, 새로운 아이디어가 나와 급속 발전 중이죠"

내가 또 물었죠.

"그때가 되면 세상이 어떻게 바뀔까요?"

"노동은 인공지능한테 맡기고, 놀겠죠."

또 물었죠.

"인공지능이 못하는 일은 없나요?"

"있습니다. 감정과 관련된 미학을 비롯해 인문학…

정답이 없는 분야는 계속 사람이 맡을 겁니다."

아…다행이어라. ^^

잘했어요

평생 내가 애석하게 여기는 일은?

대학원 입학과 동시에 야간인 고전국역연수원(현 한국고전번역원)
합격했으나,

야간에 직장 다녀야 주간 대학원 다닐 수 있어, 입학 포기한 일!

"아니에요. 그때 한문공부 안한 것…잘하신 일!

한문에 빠지면 못 나오기 십상!"

얼마 전…오랜 만에 만난 김경수 중앙대 명예교수님…

내 말 듣자마자 이렇게 위로합니다.

딴은 그런 듯도 하여라.

한문에 압도당해 그런지…

평생 번역만 할 뿐 자신의 책은 없는 선배도 있으니!

인생은 새옹지마?^^

3월 한 달은

"학교 있을 때…
해마다 3월 한 달은… 위장 장애로 고생했어요."

   전직 고교 교사였던 구자천 선생이 들려준 말!
   반이 바뀌면, 누구누구는 문제 학생이라고 이전 담임이 죄다 알
려주지만
   싹 무시한 채, 똑같은 학생으로 대했다는 구 선생.

"왜 위장 장애?"

"한 달간은 말도 조심…
학생들 하나하나 관찰하느라…
초긴장한 나머지 그랬던 듯…
나중에야 알았어요."

아… 교사가 이렇게 아파야 학생이…

자네는 바쁘니

"자네는 바쁘니 내가 읽고 밑줄 친 이 부분만 읽어."

고향 대구에서, 70년 된 학이사 출판사를 운영하는 신중현 대표! 고졸인 자신을 직원으로 채용해 회사까지 물려준 사장님이…
이런 은혜까지 베풀었노라며 말해준 내용입니다.

아름다운 만남!

사랑받은 사람이 사랑할 줄 안다고 했던가요?

인기 도서 출판해 일본 NHK 출연에, 독서아카데미 운영으로 바쁠 텐데도…

이번 범우포럼에 참석한 우리에게 장소 제공에 끝날 때까지 챙기고…

이튿날 남산동인쇄골목 및 이상화 고택과 생가 등 안내 해설까지…

고마워라.

돌려줘야죠

고려시대에 거란의 침입에 맞서 새긴 초조대장경!
몽골이 쳐들어와 그 목판 불태워 사라지고
인쇄본 두루마리만 여기저기에 일부 남아 있죠(몇몇은 국보!).
소장자 중 하나인 서울교과서 윤용철 대표한테 물었죠.

"이 보물…나중에 어떻게 하실 건가요?"
"절에 돌려줘야죠."
"왜죠?"
"몽골 물리치려…두번째로 새긴 팔만대장경도 그렇고…모두
절에서 만든 것.
　당연히 다시 절에…
　나는 그저, 소장의 기쁨 누린 걸로 만족.
　무려 12m…한지에 싸 오동나무통에 신주 모시듯!"

"어느 절에 주실 거죠?"
"우리 어머니가 나 위해 기도하신 고향의 절에…"

이런 소장자도 있다니…멋져라.

세계적인 학자

신약학계의 세계적 학자 톰 라이트와 제임스 던을 비판하기 일 쑤였다는 미국 풀러신학교 김세윤 교수!

"제가 10여 년 모시며 관찰한 결과…선생님은 세계적인 학자입니다."

총신대에서 그분한테 배우고 모신 김요한 대표가 어느 날 이렇게 말씀드리자…

정색하며 했다는 말은?

"무슨 소리?

톰 라이트와 제임스 던같은 교수가 세계적 학자야."

더 놀라운 사실은?

그 제임스 던의 최근 저서에서…

김세윤 교수의 영어 논문을 아주 길게 거론하며…

획기적인 업적이라 칭찬하고 있더라고…

나와 함께 이 이야기 듣던 UCLA 옥성득 교수 왈,

"서로 영향을 받은 거죠."

아…큰 학자들의 세계…^^

시 암송

"누가 시집 보내면 대표시 한 편 골라 외어요.
그분 만났을 때 암송해 보이면 참 좋아해요."

연세대 교목실, 총장비서실, 진리자유편집실 직원으로 일하다
퇴직한 백승국 선생!
서오릉길 트래킹하는 길에 내게 들려준 말입니다.
시인의 심정으로 암송하기 위해…
다른 시까지 모두 읽다 보면 그분을 아주 깊이 이해하게 된다네
요.
원 세상에!
남의 책을 이다지도 정성스레 씹어먹듯이 읽다니…
감동이어라.

"나도 아직 못 외는 내 시를…"
듣고 나서 보이는 시인들의 반응이랍니다. ^^

시인의 말

임문혁 시인의 네 번째 시집
"반가운 엽서"를 받았습니다.
펼치자 들어오는 '시인의 말'(머리말)

"시 한 편 읽은 날
잘 산 날

시 한 편 쓴 날
더 잘 산 날

시처럼 산 날
정말 잘 산 날"

머리말이 아니라 최고 좋은 시!
얼른 카톡으로 답장 보냈죠.
"고맙습니다. 〈시인의 말〉…가장 좋은 시."^^

친한파

무또 가츠끼요(武藤克精) 비교문화학자.

"한국 남북 대립, 남한 내부 갈등의 근본 원인… 일본의 식민지
지배 때문!"

"일제강제징용 배상, 중국에는 저자세, 한국에만 고자세…"

"일본문화에서는 화목(和睦)만… 선악(옳고 그름)은 없어요."

"일본에는 하느님 개념 없어요.

천황(天皇)은 북두칠성을 의미하는 도교의 천황(天皇)을 도입한 것
일 뿐…

天神(천신 : 최고 인격신) 개념 없어요. 하늘이 두렵지 않느냐? 이런
속담도 물론 없죠."

30년간 우리나라에서 사는 친한파 일본인이라더니…
해장국 맛있게 먹으면서 충격 발언의 연속이어라.

"조작된 신화를 비롯, 학계의 금기 많은 일본…
그래도 오가며 강의하고 있어요."

"어떻게 무사하죠?"

"사실만 말하고, 내 해석은 보태지 않기.
해석은… 청중이 제각기 자기 좋은 대로 하죠."

3년 내내

"은퇴 후 3년 내내

8천 통 언간(옛 한글편지) 입력.

앞으로 800통 마치면, 고어사전 증보할 겁니다."

한글제문 작업하다가 통화한 박재연 교수…

요즘 무슨 일 하냐니까 대답한 말!

고교 동창 조남신 교수가, 은퇴하자마자 강원도 모처에 칩거…

그간의 러시아어학 저서들 개정 작업에 몰두하고 있는데, 박 교
수도 그런 거죠.

나다니며 사람들 만나고, 새 책 쓰는 나…

물어볼 게 더 있었으나… 서둘러 끊었습니다. ^^

몸이 기억

"몸이 기억해요."

칠순인데도 기공으로 몸 날렵한 김수남 교수…
누가 그 비결 물으면 이렇게 대답한다네요.
꾸준히 하다 보면, 몸이 기억해 저절로 된다는 것!

"이 교수는… 어떻게 왕성하게 돌아다니며 매일 아침톡을 쓸 수
있죠?
내 보기에 약질인데…"
"호기심이 많아 그런 듯합니다."

내 말이 끝나자마자 하는 말.
"호기심이 많아도 그렇지… 몸이 건강하니 사방 다닐 수 있지
않겠어요?"

호기심으로 보고 들은 사연, 즐겁게 나누는 내 아침톡…
이 또한, 꾸준히 하다 보니, 내 뇌와 손가락이 기억해 그런지도
모를 일. ^^

날 잡자

"누가 전화하며… 언제 한번 만나야지?
이러면 그 즉시 날 잡아요.
예전에는 으레 하는 말이려니 하고 넘겼으나, 요즘엔 안 그래요."

나보다 한 살 아래인 지인의 말.

왜?
건강했던 친구가 심근경색으로, 승용차 시동 건 채 떠난 이후 생긴 변화라네요.
기약 없는 인생… 만날 수 있을 때 보자!

고수와

"하수하고 치면 절대 실력 안 늘어요."
우리 교회에서 열린 탁구대회…
하수끼리 치는 걸 함께 구경하던 고수 김만수 권사가 한 말.
탁구 배우려면 고수하고 쳐야 한다?
"왜죠?"
"고수는… 받을 수 있도록 공을 넘겨 주거든요."

맞는 말!
과학상을 비롯… 노벨상의 대부분도… 세계 최고한테 배운 사람들 차지라고 하죠?
최재천 교수가 하버드대 윌슨 교수 찾아가 사회생물학 배워 이 분야 석권하듯…

공부든 뭐든…
고수 물색해 배우는 게 인생의 연비 또는 가성비 높이는 비결이어라.

답장

"굳이 답장하실 필요는 없습니다. 시간 아껴 후속 저술에 집중하세요."

무려 900쪽 분량《서학, 조선을 관통하다》정독 후,
소감과 질문을 9개 항목으로 적어, 저자(정민 교수)에게 이메일 보내며 이렇게 썼죠.
천주교(기독교)가 조선 사회에 어떤 충격을 주었는지 새 자료와 해석으로 드러낸 역저!
진심이었건만…장문의 답장이 왔습니다.
고마워라.
오래 전 질문에 대한 답변까지 함께 올 줄이야!

아…비로소 알았습니다.
반응 빠르기로 소문난 학자도…더러 심사숙고한 끝에 답하기도 한다는 사실을!

책을 매개로 생각을 주고받는 기쁨…
살아가는 재미 가운데 하나입니다.

질문

"고교 수업시간에…질문 많다고 혼나던 학생…
미국 보냈더니만…질문 잘하면 +5 가산점! 신바람 나게 대학
다닌대요."

《씨알의 소리》편집회의차 온 부길만 선생님이 들려줍니다.
본인도 고교시절 국어시간에 최고 15개까지 질문했다며…^^
그래도 꼬박꼬박 대답해 줬다는 대광고교…
오늘날 마당발 출판역사학자가 그냥 나오지 않았어라.

아…미국 안 가도 모든 학생이 질문 맘껏 하는 행복한 교실 어
서 이뤄졌으면!
어떤 학교 나와도 문제해결력 갖춘 창의 인재 넘치는 나라…
누가 대권 잡아도 안심할 날 어서 오기를!

날마다

'날마다 책 사는' 분을 만났습니다.

초등학교 수석교사로 은퇴해 여러 해 독서교육운동 펼치는 김연옥 선생님!

교수 되려 박사학위 받았으나, 초등학교가 좋아 그냥 남았다는 이분…

평생 하루 서너 시간만 자며, 노상 책 읽기…

지금도 눈 뜨면 책 검색해 구입부터 한다네요.

교사로 있을 때의 별명은?

'트럭 타고 전근 오는 선생'

학급 비치 1천 권 애장서 늘 데리고 다녀서…

나도 책 좋아하지만…

순진짜 책사랑 고수 만났습니다. ^^

회장님

"이복규 회장님께"

15년 전 내가 국제어문학회 회장일 때, 총무이사였던 김종진 교수 … 내 사무실에 방문해 내게 건넨 저서에 적힌 문구!

회장?

한번 회장은 영원한 회장인지…여전히 나를 회장이라고 하다니…

오랜 만에 만나 이야기 나누다 보니 타고난 학자!

인문계 고교 교사로 있다가 상고로 옮긴 이유는?

한 달 동안이나 체육대회 하는 걸 보고… 저기 가면 그 시간에 연구 많이 할 수 있겠다 싶어 신청했다네요.

남들은 인문계로 옮기고 싶어 안달한다는데(그때만 해도 생기는 게 많아서^^)

"그동안 찾아오지 못해 죄송… 책이라도 드려, 놀지 않았다는 걸 보여드리고 싶었어요."

우수연구도서로 선정된《근대 불교잡지의 문화사》!

나 도와준 은혜 고맙건만… 도리어 이리 말씀하다니…

고맙고 미안하여라.

60

"이 책이 첫 저서냐고요? 맞습니다."

《삶의 자리에서 바라보는 창세기》북콘서트(출판기념회)에서,
저자 김종호 교수가 밝힌 사실!
놀라워라.
60 나이에 첫 저서라니!

"60까지는 공부만…60부터 책 내라…
어느 은사님 말씀 따라…이제부터 그간 공부한 것 풀어낼 겁니
다. 우리 은사님이 해마다 벽돌책 내셨듯이…"

아…60 한참 전부터…
함부로 쏜 화살처럼 세상에 마구 내보낸 내 설익은 책들…
부끄러워라.

부담 없이 콘서트 즐기려다 한 방 먹었습니다. ^^

10시까지

"밤 10시까지 있다 가요."

국사편찬위원회에서 한문 초서 공부 함께 한 동학!

20년 만에 그 동학이 근무하는 대학에서 만나 저녁 먹고 헤어지면서…

몇 시쯤 연구실에서 나가냐고 묻자 이렇게 말합니다.

매일 10시까지…

가정 있는 50대 후반 여성 교수가 날마다 이럴 수 있다니…

무던한 가족이어라, 진짜 학자여라.

지방 대학에 있다가…6년 전 서울의 모교로 옮긴 몸…

너무도 고마워 혼신을 다하는지도 모를 일.

든든하여라 흐뭇하여라.

추억

"무엇을 소유한 사람이 부자가 아니라…
추억이 많은 사람이 부자래요."

누구네 혼사 피로연에서 함께 식사하던 후배 조방익 원장!
나는 좋은 사람 많이 만나는 복이 있다고 했더니 들려준 말입니다.

"도봉산 소유한 사람보다…
도봉산에 혼자 또는 누구와 함께 오르며 커커이 추억 쌓은 사람
이 부자래요."

부연 설명하는 후배…맞는 말이어라.
좋은 추억이 많아 아침톡도 가능한 듯.
뭘 가지려 애쓰지 말고 좋은 추억 많이 많이…^^

내가

첫 시집 내겠다며 찾아온 강석우 시인(전 한국외환은행지점장)!
청계천변에서 살았던 유년시절부터 환갑 훌쩍 넘긴 지금까지의
추억을 담았답니다.

"나는 복개 후에 상경해 청계천변의 생활 몰라요.
어떻게 살았죠?"
"안 살아본 사람은 몰라요.
그때 만난 이웃 가운데 잊히지 않는 사람 있어요.
미숙이 어머니!"

'내가 이런 곳에서 살 사람으로 보여? 이사 갈 거야.'
툭하면 이랬다는 그분… 자꾸 떠오른다네요.

아… 미숙이 어머니는 어쩌면 그 자존감으로 그나마 고달픈 생
활 견딘 것은 아닐까…
어쩌면 강 시인도 나도…
그 힘으로 복낙원의 여유, 지금 누리는지도 몰라라.

청포도

"청포도 준비했어요. 시장에서 싱싱한 걸로… 드셔 보세요."

14년 전 카자흐스탄에서 6개월 살 때 만난 김정복 선생님…
고교 교사 명퇴하고 가서 한국어, 김치 교육하다 아주 귀국…
벼르다가 청주 무심천변 댁으로 찾아갔더니, 접시에 청포도 담아 이렇게 권합니다.

내 고장 칠월은/청포도가 익어 가는 시절…
내가 바라는 손님은 고달픈 몸으로/청포를 입고 찾아 온다고 했으니…
아이야 우리 식탁엔 은쟁반에/하이얀 모시 수건을 마련해 두렴.

아… 이육사의 명시 〈청포도〉!
바로 그 청포도로… 나를 환대하시다니…
곰탕집 점심에 청남대 관광 안내까지!
요즘, 이주 고려인들에게 무료 한국어 교육 중이라는 83세 김 선생님… 만날 적마다 먹을 것 사다 먹이며 가르치고 있다니…
만나는 인연을 모두 귀한 손님으로 맞이하는 진짜 어른이어라.

너무 좋아

"꼭 갖고 싶던 책 사면⋯너무 좋아서⋯
사나흘 잠이 안 와요.
품에 안고 자죠."

평생 교과서 수집하는 분!
학술모임에서 안평대군 글씨로 새긴 한유의 문집⋯보물급 원
본을 보여주며⋯
이렇게 말합니다.

아⋯세상에 태어나⋯
이런 만남 한 번 경험했다면 행복이겠죠?
여한 없겠죠?
그것이 사람이든, 사물이든⋯그 무엇이든!

75세?

"누군가 도울 일 있으면 그냥 즐거이 돕자…

내 해야할 일 그냥 하자.

누구의 이야기에 토를 달지 말자. 그냥 들어주자.

너무 애써 분투하며 살지 말자.

그러기엔 3629일이 너무 귀하지 않은가?"

매주 1회 인터넷 블러그에 글 올린다는 조방익 후배의 최근 일기!

3629일?

"부친처럼 75세까지 살 경우, 남은 날을 계산한 것."

아…그만둘 날 헤아리며 살기!

모두가 이렇게 산다면 함부로 살 수 없겠습니다.

후배들이

"후배들이 할 일은 하지 맙시다. 우리…"

조선족 구전설화 채록한 것 책으로 낸 부산대 이헌홍 명예교수
님…
엊그제 통화하다 하신 말씀!
맞습니다.
우리 세대 아니면 못할 일만 골라서 하고…
후배들 일자리 빼앗는 강의나 글쓰기는 사양하자는 말씀이어
라.

더 있다가

아현동 어느 시계수리 겸 도장 집!
소아마비 장애우가 하는 집이라 오랜 세월 단골…
며칠 전에 지나가다 들렀죠.

"이 시계 줄 좀 바꿔 주세요."
21년 은퇴할 때 받은 청와대 명의의 시계…
하도 차고 다녔더니 어느새 구멍이 헐거워져 내밀자…
흘낏 살펴보고는 왈!
"아직 쓸 만해요. 더 있다가 와요."

아…다리만 불편할 뿐…
아주 건강하게 가게 운영하는 분이어라.

어떤 공부 비결

출판문화진흥재단 송년 모임에서 만난 차미례 선생!

평생 외신부 기자, 영화 〈E.T.〉, 〈빠삐용〉 등의 번역으로 유명한 분,

처음 대면해 이야기 나눴죠.

어째서 공부 잘하게 됐는지 밝힌 비결은?

"여자인 데다 왼손잡이면 안된다는 어머니 때문에 오른손으로 글씨 쓰기…

너무 느려서 그냥 수업 내용을 통째 머리에 담기 시작!"

그런데 희한한 것은…다른 책 보면서 들으면 더 쏙쏙 외어지더라죠.

아…그게 훈련이 되어 고졸, 대졸까지 성적 아주 좋았다니…

어쩌면 명기자와 명번역자가 된 비결도 이것?^^

좋은 그림

"그림에는 두 가지가 있어요.
잘 그린 그림과 좋은 그림!"

"좋은 그림은 뭐죠?"

"내 맘에 드는 그림…내 영혼이 담긴 그림…
다른 누구의 그림이 아닌 조민영의 그림같은 그림!"

서울 정동에서 프랑스백반집 운영하며 초상화 그리는 조민영
화가…
꼬끄뱅(포도주로 졸인 닭) 먹으며, 함께 나눈 대화입니다.

아…잘 팔리는 그림이 뭔지도 알지만…
그리고픈 그림 그리는 즐거움으로 산다는 지천명의 작가!

그림 그릴 시간 더 많아졌으면 좋겠습니다.

오늘이

학술모임 뒤풀이…시조 전공 한양대 김상진 교수의 건배사!

"오늘이!"(선창)
"오늘이소서!"(후창)

이 구호의 출처인《양금신보》의 원문은?

'오늘이 오늘이소서.
매일에 오늘이소서.
저물지도 새지도 마시고 (날이) 새거들랑,
샐지라도 매일같이 오늘이소서'

임진왜란 때 일본에 끌려간 우리 도공의 후손들도 불렀다는
노래
'오늘이 오늘이소서…'

읽어야

"많이 읽어야 글 잘 써요."

총신대에서 글쓰기 전담하는 이성희 교수!

연구실에서 차 마시며 어느 학생의 사례를 들어 이렇게 강조합니다.

"강의 때 주의가 산만해 성적처리 때 혼내 주리라 별렀으나…

글쓰기를 최고로 잘해 A 플러스 줄 수밖에…"

"웬일?"

"알고 보니 중2 때 부친이 사업실패 후 가출…

학업 중단…사마천의 사기를 비롯 동서양 온갖 책 읽으며 검정고시로 대학 입학한 학생…

온갖 책 섭렵한 학생의 귀에 내 강의 들어올 리 만무해 해찰했던 거죠."

아…맞습니다.

심은 대로 거둔다고 하듯…

좋은 책 많이 읽으면 그게 소화 발효 숙성되어,

때가 되면 자기 글로 터져 나오는 거겠죠?

좋은 글

"좋은 글이란?
쓰는 사람은 어렵게 쓰고, 읽는 사람은 쉽게 읽는 글."

명문장에 인품도 좋은 한양대 정민 교수가
〈온달전〉 특강에서 한 말입니다.
《삼국사기》의 〈온달전〉이야말로 그런 작품이라며…
한 글자도 더하거나 뺄 게 없는 글!

정 교수 책마다 왜 그리 술술 잘 읽히는지 비로소 알았습니다.
공들여 쓰고, 세 번씩 소리내어 읽어 본답니다.
하기야… 잡문에 불과한 내 아침톡도
자투리 시간에 핸드폰에 끄적끄적… 몇 차례 다듬다가 아내한
테 보여 최종 수정하죠.
미처 그러지 못한 날이면 오는 반응.
"어려워요."
"뭔 말인지 모르겠네요."^^

실력 없어요

"교수님은 실력 없어요."

은사님을 기리기 위해 간행한 책(《학산 이정호 연구》) 발송하려고 운반하다가,

우리 동양빌딩 청소 담당 아주머니한테 들은 말입니다. ^^

손수레에 책 잔뜩 싣고

계단과 오르막 지나 구내 우체국까지 가야 하는 길.

내가 어설픈 구석 보이자,

가르치는 실력은 몰라도 짐 운반 실력은 없다며 놀린 것. ^^

그러고는 자원해서 끝까지 끌어주고 밀어주고 도와주었습니다.

아주머니, 고맙습니다.

그 실력 인정합니다. ^^

칭찬

책만 읽고 사는 로쟈 이현우 박사.
왜 이렇게 살기로 했을까?
대학 3학년 때 들은 칭찬 때문.

대학생일 때… 도스토옙스키의 〈백치〉에 대해
새롭게 발표하자, 교수들이 듣고, 대학원생들한테 한 말.
"3학년이 이렇게 발표하는데… 너희들은 뭐냐?"

졸업 후 진로 고민할 때
그 칭찬 떠올리기…
좋아하고 잘할 수 있는 것!
작품 읽고 잘 해석해 주기!

박사학위까지 받았으니 얼마든지 학문의 길 걸을 수 있었지만
책 읽으며 살기로 선택…
소원대로, 책에 대해 강의하고 저술하며 살고 있는 로쟈.

칭찬은 때로 한 사람의 인생을 결정합니다.

건물이 시켜서

4년 전… 우연히 이춘기 옹 30년 일기에 꽂혀 펴낸 책
《목련꽃 필 무렵 당신을 보내고》…
여기 등장하는 춘포의 100년 된 정미소 건물!
지방의 오랜 동네 찍고 다니던 이대 서양화과 조덕현 교수가 우
연히 발견해 열심히 찍다가, 내게 연락했기에 만났죠.
지연, 학연 없는 우리가 만나 신나게 이야기꽃 피우다니…
우연?
3년 전 정미소 사들여 날마다 그 속에서 음악 감상한다는 서문
근 선생이 그러더랍니다.
"우연이 아님. 정미소 건물이 시켜서 그런 것…내가 그랬듯…
^^"

이춘기 옹 일기를 중심으로 춘포 이야기를 그림과 설치미술
로…
누구나 장소와 교감하며 음미하는 전시 멋지게 해 낸 조 교수.

앞으로 더 많은 사람을 이 건물이 불러들이지 않을까…
기대하며 둘이 함께 웃었습니다.

학문

"공부와 학문은 달라요.
공부는 하기 싫어도 잘할 수 있지만,
학문은 좋아하는 사람만 잘할 수 있어요.
학문 좋아하지 않는 사람이 교수 되면 학문 망쳐요."

원로학자 조동일 선생님 유튜브에서 강조합니다.
학생 상담한 일화 두 편.

"대학원 진학해 공부하면 교수가 될 수 있나요?"
어떤 학생이 이렇게 묻기에 쫓아내 버렸답니다.
"교수 되기 위한 수단으로 학문을 하려 하다니…
너같은 사람은 교수가 될 수도 없지만, 돼도 학문 망친다."

어떤 대학원생은 계속 석사논문을 못 쓰다가 찾아왔더라죠.
"도저히 논문을 쓸 수가 없어요.
아무래도 학문 그만두고 다른 일 해야겠어요."
이렇게 말해, 참 잘했다며 격려했답니다.
"그래. 잘 생각했다. 세상에는 학문보다 더 즐거운 일 많다."

김용기 장로님

가나안농군학교로 저명한 고 김용기 장로님.
생전에 원주로 찾아뵌 적 있죠.
세속을 떠나 그곳에서 평생 노동하며 살고 싶어…^^

내 말 다 듣고… 밥 먹이고 재워주신 후 하신 말씀.
"하던 공부나 하시게나. 그게 할 일. 여긴 아니오."

딱 그 말씀만 듣고 돌아왔으나
아직까지 내 버릇이 되어 버린 그곳의 생활 수칙 하나.
치약을 꼭 필요한 만큼만 짜서 양치질하기…

내 삶을 변화시킨 분…
과연 위인이십니다.

운동하고

"운동하고 돈 받고…"

시 쓰면서 서울시 환경미화원 계약직으로 일하는 김발렌티노 선생.

10개월 계약 만료…다시 지원해 합격했다며…

봉급이 내려가 미달이었으나 합격해 좋다며 한 말입니다.

"청소…운동으로 생각해요.

한여름에 청소하면 자연 사우나…

마치고 샤워할 때의 상쾌함…기막혀요."

불어과 졸업하고 염세와 알콜 중독에서 윤동주와 김수영 시로 치유받았다는 분.

토요일마다 시인의 언덕 중심으로 서너 시간씩 지구별 청소 봉사…

인생…

즐겁게 운동하듯!

절실해서

아침톡 독자 동원특수화학 황재철 대표!

79세인 올해 봄 한양대에서 윤동주 시 연구로 최고령 박사학위
자 되었다니…나와 동업자. ^^

어릴 때 너무 가난해 늦게야 혼자 검정고시로 중고등학교 과정
마치고,

독학사과정으로 학사학위 취득 후 회사 세워 성공…

연매출 200억, 은행빛과 노조 없는 회사, 9개 고아원 후원, 3개
대학 장학금 및 발전기금 출연 등!

하지만 적령기에 공부 못한 게 못내 아쉬워…

73세에 한양대 대학원 들어가 경영학석사학위(최고 우수 논문!)…

77세에 국문학과 박사과정 입학해 올해 박사 취득!

"그 연세에 어떻게 최고논문에 박사까지 가능?"

내가 문자 눈물 글썽이며 왈,

"절실해서!"

맞습니다. 정말 하고 싶어서…절실한 마음으로 공부했기에 그
런 거겠죠?

3 three

북한 교과서 :

사회·문화의 이모저모

누리호

누리호 발사 지켜보다 내 눈에 확 들어온 장면!

옆의 탑에서 누리호 몸체 꽉 붙잡고 있던 3개의 손…

누리호가 불 뿜으며 움직이기 시작하자 과감히 놔 주고 옆으로 비켜나기!

문득 조병화 시인의 시가 떠올랐습니다.

"지금 어드메쯤

아침을 몰고 오는 분이 계시옵니다.

그분을 위하여

묵은 이 의자를 비워 드리지요."

─〈의자〉 1연─

이 시처럼… 우리 기성 세대도 그래야겠죠?

젊은이들 훨훨 날도록 놔 주고 밀어만 줘야겠죠?

나로호 추진로켓처럼 뒤에서 팍팍 찬란하게!

의좋은 형제

국회도서관 통일자료실에 있는 2001년도 북한 인민학교 국어책
에서 확인한 사실!

남한, 북한, 중앙아시아 고려인 어린이가 공통적으로 배우는 이
야기…

〈의좋은 형제〉였습니다.

김 씨 부자와 가족 찬양담으로 도배하는 북한…

이 이야기만은, 함부로 변개하지 않았습니다.

평등하게 나눈 걸로 만족하지 않고,

형은 형대로 동생은 동생대로 더 주지 못해 서로 안달하기…

어쩌다 나뉘어 살고 있는 우리…

〈의좋은 형제〉 이야기처럼,

서로 먼저 도와주려다 얼싸안는 날 꼭 찾아오기를!

해방(광복)이 도둑같이 왔듯이…

개바위?

개바위, 아세요?

현 쌍룡산 어린이공원 위에 있었다는 개바위(犬岩)…

1960년대 이후 서울 마포구 염리동에 거주한 분들은

개 잡던 곳으로만 기억!

하지만 그 이전 원로 토박이들 증언은?

"개 모양의 바위.

어느 큰 부자가 기르던 개가 사라진 뒤 생겼다는 바위.

그후 도둑이 없어지고 평화로워졌다는 전설의 증거물!"

'염리동 이야기' 강의 준비하다 확인했죠.

문학은 꿈의 표현!

우범지역이 바뀌길 바라는 소망이 개바위전설로…

그 꿈 이루어졌죠? 마용성(마포 용산 성동)!^^

민충정공 동상

내가 사는 동네로, 충정공 민영환 선생의 동상이 돌아왔습니다.
안국동사거리-돈화문 옆-조계사 옆을 거쳐 충정로!
선생을 기리는 충정로에 세워졌으니 참 다행이어라.
경복궁을 바라보는 동상은 물론, 관련 사진들도 돌벽에 빼곡!
"오호(嗚呼) 국치민욕(國恥民辱) 내지어차(乃至於此)"로 시작하여
"오호(嗚呼) 물소실망(勿少失望)"으로 끝나는 선생의 한문 유언 번
역문도…

아아! 나라의 치욕과 백성의 욕됨이 여기에 이르렀으니…
아아! 조금도 실망하지 말라.
우리 대한제국 이천만 동포에게 고하노라.

1905년 을사늑약 후, 을사오적 처단하란 요구 받아들여지지 않자,
11월 30일 새벽, 공직자로서 책임 느껴 이 글 남기고 가신 거죠.

책임지는 사람 보기 드문 요즘…참 부끄러워라.

추사

추사(秋史)!

김정희의 호로만 알았으나…자(字)라네요.

과천 추사박물관에서 새로 구입해 전시 중인《추사필담첩》에
나오는 추사의 친필 기록!

"제 이름은 정희(正喜), 자는 추사(秋史), 호는 보담재(寶覃齋)…"

25세 때 중국에 가서 중국인과 필담 나누며 밝힌 내용이니 무시
못할 사실…

추사 전문가들 골치 아프겠습니다.

허홍범 학예연구사 설명 들으니…

호만 500여 가지인 줄 알았더니, 자도 복수였다네요.

백양(伯養), 원춘(元春)…추사까지 셋!

자가 셋에 호가 500여 개인 경우는 세계 기록적이라니…

이름 하나도 유지하기 버겁건만…

도대체 왜?

'상하삼천년, 종횡십만리' 이런 호도 있다니…

보통 배포가 아니라 그랬는지도…^^

좋은 책

"1. 정보가 있다.

2. 감동이 있다.

3. 재미있다."

출판역사연구회 부길만 선생님이, 박중림에 대한 내 연구발표
듣고 나서 한 말.

이 셋 중에 어느 하나라도 있어야 좋은 책이라는 말씀.

귀에 쏙 들어왔습니다.

다 갖추면 최고겠지만, 하나라도 있는 글!

말도 그래야 하겠죠?

1일3성(一日三省)…하루에 3가지 측면에서(또는 3번) 반성하기…

공자 수제자인 증자가 이랬다는데…

글쓰고 말할 때마다 명심할 3가지 계명이어라.

정보, 감동, 재미!

서희 장군?

"서희 장군이란 표현 맞나요?"
문화재위원회에서 나온 질문!
외교 맡은 문신이지 장군이 웬말이냐는 의문!
나도 궁금해 얼른 검색한 《고려사절요》(993년) 기록…
"거란이 침입 … 서희를 중군사(中軍使)로 삼아 거란을 막게 …"
장군이 맞습니다. ^^
왕의 지시로 담판에 나서 소손녕과 다음과 같은 대화 끝에 통쾌
히 설복합니다.

"너희 고려는 신라 땅에서 일어났으니,
 옛 고구려 땅은 이제 우리의 소유이건만, 너희가 점거하고 있
다 … 당장 바치고 우리한테 예를 갖춰라!"

"아니다! 우리 고려는 고구려를 계승한 나라 … 그래서 나라 이
름도 고려 … 도읍도 평양!
 그대 논리라면 거란의 수도(동경)도 우리 땅!
 압록강 안팎도 우리 땅인데, 여진이 점거해 길을 막아 예를 표할
수 없다. 여진을 내쫓아 우리한테 그 땅 돌려주면, 예를 갖추겠다."
 아 … 서희 장군같은 문무겸비의 실력자 … 그리워라.

설탕

지금은 아주 흔한 설탕…

조선시대에는 귀해, 세종의 비 소헌왕후조차…

아플 때 맛보고 싶어했으나 끝내 못 먹고 세상 떴다죠.

별세 후 설탕 구한 효자 문종…

눈물 흘리며 영전에 올렸다네요.

호떡에 꼭 들어가는 설탕도…

1920년 제당회사가 세워지기까지는 꿀을…^^

국가 최고지도자(왕)를 우리 손으로 뽑기도 하고, 그만두게도 하
는 이 시대.

설탕물 뚝뚝 흐르는 호떡…맘껏 먹으며 살고 있으니…

행운이어라.

제비 집

우리 동네 빌라 주차장의 제비 집!

봄에 와서 두 차례 산란해 새끼 길러 내보내더니…

다시는 보이지 않습니다.

새끼들도 날기와 벌레 잡기 연습하더니 사라졌습니다.

아직 강남 가진 않았으련만…

어디들 가서 지내지?

인터넷 검색하니… 갈대밭으로 옮겨 무리를 지어 산다네요.

그럼에 생각해 봅니다.

제비한테 집은?

주거용이 아니라 안전하게 산란 부화… 새끼 양육용!

집 있어도 안주하지 않고 대자연에서 함께 자유롭게 살기!

어쩌면 우리보다 나은 듯. ^^

북한 교과서

"그 책 나 줘요."

평생 교과서 수집해 온 서울교과서 윤용철 대표.

1989년판 북한 국어책 《조선어》를 보여주자마자 간청합니다.

15년 전…카자흐스탄 갔을 때 고려인한테 받은 책…이렇게 귀한 책일 줄이야!

"62년도 남한 초등학교 책들과 바꿔요."

62년도 책? 내 초등학교 1학년 때 배운 것…

아…강력한 유혹!

비로소 북한 교과서 자세히 들여다보니,

남한과 공유하는 이야기와 글 많아 참 다행이어라.

흥부와 놀부, 의좋은 형제, 해와 달이 된 오누이, 을지문덕 장군, 리순신 장군과 거북선, 훈민정음과 세종대왕, 한석봉과 그의 어머니, 금도끼와 은도끼…

오복수퍼

넷플릭스 인기 드라마 〈이상한 변호사 우영우〉제3화 보다가 깜짝!

우리 동네 노포인 오복수퍼 등장…

〈기생충〉에 나온 부근 돼지슈퍼는 이름 바꿔 등장했지만…

오복수퍼는 이름은 물론 페인트 벗겨져 대충 덧칠한 그대로!

딱 한 장면 나오는 걸 가지고 뭘 그러느냐…

우리 아들은 말하지만 반가워라. ^^

재개발 이전 소박한 이미지 지닌 우리 동네 아현1동…

아직 사람 냄새 납니다.

선거운동

"이쪽에서 해야 좋은데…"

지자체 선거운동원들이 서 있는 걸 보며, 동네 지리에 밝은 이성환 목사님이 한마디 합니다.

주민들의 평소 동선을 봤을 때 명당 자리가 있건만 엉뚱한 곳에 서 있다는 것.

"왜 모르죠?"

"이 지역민 아닌 사람이 후보로 나와 그래요."^^

구석구석 지역 사정에 밝은 일꾼들 많이 뽑혔으면 좋겠습니다.

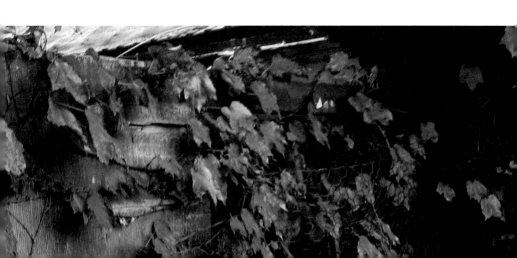

60대

"스토커 사건 피의자…
왜 60대가 많지?"
제자(김선호)의 사위인 검사가 궁금하게 여기는 점이라죠.
나도 60대라 몹시 궁금!
"퇴직해 시간이 많아져 그런 듯…
젊어 바쁠 때는 못하다가…"
그 검사 사위가 추리한 원인!
참 그럴 듯하여라. ^^

바쁜 것은 축복!

사소한 것들의 아름다움

넥슨 공연

메이플 스토리, 바람의 나라…

이런 게임으로 유명한 우리나라 굴지의 게임회사 넥슨.

넥슨의 지원 받아 전통예술(굿, 판소리, 전래동화)과 게임을 융합한 작품들 선보이는 공연…

넥슨재단 제1회 보더리스 공연!

이 가운데 씻김굿과 메이플 스토리 게임을 융합시킨 〈필수 극락왕생〉 인상적이어라.

원 세상에!

게임 속에서 죽어가는 캐릭터(몬스터:슬라임)들 원혼까지 달래주는 씻김굿을 하여 저승 가게 한다는 발상!

갸륵하여라.

한국에서만 가능한 생각 아닐지…

심청전 결말에서 심봉사 혼자 눈 뜨기…

전국 시각장애인 개안…

온 세상 눈먼 짐승 눈 뜨기까지로 확대시켰던 바로 그 착한 마음의 끝판왕!

삼촌

"춘자 삼촌 2022"

인사동 어느 갤러리… '제주도 어머니' 그림전 어느 작품의 제
목!

이상도 하여라.

여자한테 삼촌이라니?

"제주도에서는 남녀 구분 없이, 연장자 한테… 삼촌…
이렇게 불러요."

육지의 "여보세요", "저기요"를 '삼촌'이라 한다는 설명이었습
니다.

남녀평등 또는 모든 어른을 가족처럼 여기는 공동체 문화여라.

어떤 결혼식

지인 아들의 결혼식.

돌 지난 아기를 둔 결혼식은 어떻게 할까?

궁금해하며 참석했더니, 그 동생이 안고 신랑과 함께 손님 맞습니다.

작품전시회!

언젠가 이런 결혼식을 두고 우리 은사님이 웃으며 지어준 별명이죠.

지켜보노라니 하일라이트는 따로 있었습니다.

양가 모친의 화촉 점화 직후… 신랑신부 입장 직전.

화동이 끄는 유모차 타고 입장하는 아기!

어떤 집 자녀가, 부모 결혼식 사진 보다가,

"왜 여기에 나는 없지?"

이렇게 물었다던데, 오늘 입장한 아기는 그럴 일 없겠어라.

주례의 주례사도 걸작이었습니다.

"결혼은 이미 했고, 예식만 오늘 하는 것입니다."^^

달라져가는 결혼풍속… 어떤 형식이든 좋다!

제발 어서들 가 다오.^^

동막?

동막…마포구 용강동의 옛 이름은?

東幕(동막)!

경의선 '동막역'도 있었죠. 애오개(아현) 특강 준비하며 용강동에 대해 조사하다 알았습니다.

동막 이전에는 옹막(瓮幕 : 옹기막) 또는 옹리(瓮里 : 옹기마을)!

1911년부터 '동막'으로!

옹막의 우리말 '독막'을 소리 나는 대로 적은 것ㅎㅎㅎ…

1936년부터는 "용강(龍江 : 용산+서강)으로…

현재는 토정리까지 통합한 구역이죠.

지금 용강동 가면 '동막로'란 도로명과 118년 역사의 동막교회 이름에만

'옹기마을' 흔적 남아 있어라

토박이 곽재욱 목사님 기억…

70년대 초까지도 산더미처럼 쌓아놓고 파는 옹기가게 있었다니

옹막, 옹리다웠어라. ^^

미국은

새로 나온 책 부치러 간 서대문우체국…

"미국은 이런 것 안 줘요."

내 옆 창구에서 소포 부치던 여성 노인 분이 말씀합니다.

"무엇을 안 주죠?"

내가 조용히 다가가 물었죠.

오하이오주에서 살다가, 고등학교 개교 기념행사로 잠시 귀국했다며 하는 말씀.

"소포 부칠 때 넣는 버블(뽁뽁이)도 테이프도 안 줘요."

예전엔 미국이 좋았지만 지금은 한국이 낫다며 그 원인을 분석합니다.

"우리나라는 국토가 작아서 제도가 계속 발전해 왔지만…

미국은 너무 커서 제도 한번 바꾸려면 50개 주에서 다 통과돼야…"

듣고 나서 내가 내린 결론은?

작은 것이 아름답다!^^

마포?

서울시 지원으로 이루어진 마을관광해설사 심화교육 강의!

'마포의 역사와 문화'… 50년 살아온 제2 고향이건만,

강의 준비하며 비로소 안 것 많아라.

1. 마포(麻浦)의 어원?

    삼을 재배했거나, 삼베 유통한 곳이라서 붙여진 명칭인 듯.

    '三개(용산,마포,서강)'를 '麻浦'로 적었다는 설명은 곤란!

    三浦라면 몰라도…

2. 과거의 마포는 오늘의 쿠팡 같은 곳?

    수심 깊고 유속 일정한 천혜의 포구…

    조선 젓갈, 소금, 건어물, 땔감의 집하장…

    여기 모여든 상인들이 도성과 지방으로 유통시켰으니 물류
    의 중심!

3. 왜 지금도 마포 소금구이가 유명?

    소금 집하처이며, 소금장수 마을인 염리동이 바로 옆…

    가난한 뱃사람과 상인들 부담 없이 즐기다 보니 그랬을 듯.

문화는 저절로 만들어지는 것!

마포의 증언이어라.

출산율

"낳기만 하면 알아서 크나요?"

국회도서관에서 열린, 〈초저출산 극복을 위한 토론회〉의 표어입니다.

"출생아 수 감소요인과 정책적 대응방향"

서울대 이철희 교수 발표 가운데 눈에 띄는 것!

1. "고소득 전문직 여성의 결혼 비율 특히 낮음."
2. "기혼여성들이 자녀 갖지 않는 이유=아이가 행복하게 살기 힘든 사회여서."
3. "출산율 제고 지상주의는 시대착오적! 반감만 조장할 수 있으니… 다양한 원인 따라 케이스 바이 케이스로 접근할 것!"

3번 제언이 의외! 출산율 낮은 게 부정적인 것만은 아니라는 말… 지구 전체로 보면 인구 과잉이라서 그런 듯! (지구 기후 연구자들은 자식을 낳지 않는다죠?ㅠㅠ)

그간 역사를 보면 전쟁이나 전염병이 자연조절했다는 인구 문제… 새로운 해결책 꼭 나왔으면 좋겠습니다.

할로윈

유럽의 고대 켈트족 샴하인 풍습에 뿌리를 두었다는 할로윈!

겨울이 시작하는 날, 괴이한 가면 쓰고 뭇 영혼 기리던(또는 쫓던) 풍속이 축제화한 거라죠.

우리와는 아무 관계 없으나…팝송에 이어…미국을 거쳐 2000년대 영어 원어민 강사들이 들여와 퍼졌다죠?

청소년층에서 성인층으로까지…점점 널리 퍼지고 규모가 커지다가 마침내 이번에 어이없는 비극이…ㅠㅠ

고대의 역사 기록에 나오는 우리 축제…며칠 밤낮으로 음주가무…

그러나 압사했단 말 없건만…21세기에…

오호 애재라 통재라. ㅠㅠ

삼가 하늘의 위로를 빕니다.

아직 얼굴도

"너희들⋯대학 가면⋯이제는 대면수업이라 좋겠다."

수능 마친 교회 여고생 둘한테 이렇게 내가 말하자, 아이들 즉답 왈.

"그건 좋은데, 친구들 얼굴 아직도 몰라요."

가만히 생각해 보니, 불쌍한 코로나 세대!

고교 입학해 6월에야 등교했으나⋯계속 비대면 또는 마스크 차림! 고3인 올해 봄 체육대회 다시 열렸으나 고3은 수능 준비라 제외!

초등 중등 친구 가운데 계속 친하게 지내는 애들 빼놓고는,

아직 동창 얼굴도 잘 모른다니⋯ㅠㅠ

간호학과와 경영학과 지망하는 이 친구들⋯

모두 대학 들어가, 좋은 친구와 선후배 곱빼기로 많이 사귀기를!

김장

"예전에는 이틀도 걸렸어요."

우리 교회 김장…나랑 함께 무 채썰기 하던 분의 말!

요즘에는 강판으로 썰어 금세 마치지만, 과거엔 칼로 일일이 해서 그랬다네요.

"요즘엔 더 좋은 게 나왔어요.

그냥 누르기만 하면 썰어져서, 손 다칠 염려도 없대요."

이 말 들으며 생각했죠.

아… 여성 해방의 구세주는 발명품들!

세탁기, 강판, 전기밥솥, 건조기…

또 무엇이 나오려나?^^

홍차 전문점

우리 출판사에서 낼 재미 교포 회고록… 영어 원본 대조해 주신 한경신 선생님.

"한은희 실장이랑 우리 함께 이대 앞 맛집 가요."

저녁 먹고, 이대생 학부모인 한 실장 따라 들어간 홍차 전문점(티앙팡)!

1. 홍차 종류가 무려 300~400가지.

   멋모르고 하나 둘 셋… 200까지 세다 포기하고 물었죠.^^

   재료와 첨가식품 및 지역과 메이커 따라 가지가지.

2. 일반 찻집과는 달리…

   잔에다 주지 않고 앞앞이 도자기 찻주전자째…

   식지 말라고 모자처럼 덮개 씌워놓아 서너 잔 계속 따라 마시게…

   마지막까지 뜨뜻하여라.

3. 이용하는 학생들… 대부분은 값싼 데서 테이크아웃으로…

   7~8천 원 이런 데는 여러 시간 앉아서 공부하며 컴퓨터 작업할 때만…^^

레일바이크

삼척 가서 탄 레일바이크!

궤도에 올려놓은 2인승, 4인승 차를 페달 밟아 타고 가는 거였습니다.

"계속 페달 밟아야 해요."

안내원의 말 따라 1시간 내내 밟았습니다.

좌우의 소나무… 오른쪽의 바다 풍경…

기분 내며 천천히 갔더니, 어서 가라고 뒤에서 재촉합니다.

아… 삼척 용화레일바이크의 매력 세 가지는?

1. 절대 추월당할 염려 없음.

   앞 차가 움직일 때까지 꼼짝없이 뒤따라야 함.

   정 아쉬우면 와서 함께 밟아야 하리라. ^^

2. 요금 1만 원에 1시간 동안 다리 운동하며 동해안의 풍경도
   즐기기.

3. 대기하는 동안, 백사장 옆 웅덩이에서 목욕하는 갈매기 떼
   구경하는 즐거움도. ^^

비망기

"국운(國運)이 불행하여 각도의 보고가 모두 마음 아프다.
근년에 기근이 거듭 닥친데다가 농사가 또 흉년이라 하니,
금의옥식(錦衣玉食)이 편치 않아 밤이나 낮이나 다른 것은 생각할
겨를이 없다…
내가 조정 대신과 대책을 궁리하고는 있으나,
가난하고 의지할 곳 없어 떠도는 자가 열에 여덟 아홉이나 되니,
약간의 식량으로 장차 어떻게 구제하랴? …
잠자리에 들어도 잠을 잊고 밥을 먹어도 맛을 잊는다. …
그대들은, 아직 발표하지 않은 계책을 모두 펼쳐 보이라…
팔도의 수령들한테도 알려라."(경종실록 3년 1월 1일)

300년 전…
숙종의 아들 경종이 나라의 위기를 해결하려 신하들에게 내린
비망기(備忘記) 즉 메시지입니다.

요즘말로 저소득 국민과 공감하며 집단의 지혜를 모으려 한 것!
이 시대에 여전히 필요한 리더의 자세여라.

십상?

"이 방은 서재로 쓰기에 딱 십상이겠다."

"의자로 쓰기에 십상 좋다."

이렇게 명사 또는 부사로 흔히 쓰고 있는 우리말 '십상'!

《표준국어대사전》의 첫 번째 풀이는 이렇죠.

"일이나 물건 따위가 어디에 꼭 맞는 것."

한자로 적으면 十常. 열 십, 늘 상.

'열…늘'?

이 말은 십상팔구(十常八九)의 준말입니다.

《(우리말 한자어) 속뜻사전》의 풀이는?

"열(十) 가운데 여덟(八)이나 아홉(九)은 늘(常) 그러함."

십상(十常)이란 한자어를, 거기 쓰인 한자로 풀이해 머리에 쏙 들
어옵니다.

한자어 투성이 글 읽기는 해도 정확한 뜻 몰라,

OECD 문해력 꼴찌인 우리한테 고마운 사전!

한문 강의 교재로 썼던 이 책의 저자 전광진 교수…

최근 페이스북에서 연결되어… 책 파일 주고받고 1시간이나 전
화통화까지…

SNS의 힘이어라. ^^

요리 원칙

"요리 제일 원칙 알아?
바다 식재료에는 육지 식재료 넣어야 비린내 없애고 깊은 맛!
예컨대…미역국에 소고기…
계란찜에 새우젓…"

사당역 부산아지매국밥집에서 돼지국밥 먹다,
옆자리에서 들려온 이 소리!

아…음식에 궁합이 있으며…상극이 상생이라더니…
취향이 다른 사람과도 어울려 살라는 말씀이어라.

영어

"일본에서는 꼭 영어로 강의해요.
덜 유창해도
통역 세워 영어로 하면…자세가 달라져요."

미국에서 20년 살고, 한국 대학에서 은퇴한 지인…
요즘 일본에 가서 강의한다기에…
어떤 언어로 하냐고 문자 들려준 말!

미국 컴플렉스가 큰 나라라는 것은 이미 알고 있었으나…
아직 이럴 줄이야!
부러워하면 진다던데…
열등감이 체질이 되어버렸는지도 몰라라.

다음에 일본 가면 영어로 길 물어봐야지…^^

70년대 사진전

서울시립대박물관에서 전시중인 독일 에카르트 데게 교수의 사진전.

1971~1975년, 새마을운동으로 변모하기 직전 우리나라 농촌, 산촌, 어촌, 도시의 옛 모습 보는 정겨운 자리였습니다.

최근 유학생들이, 똑같은 위치에 가서 찍은 사진과 대비해 보여…

상전벽해란 말 더욱 실감!

기획자인 김버들 학예사가 해설하며 숨은 이야기도 들려줍니다. 한중일 삼국 중에서 한국을 연구대상으로 삼은 까닭은?

"가장 다양하고, 역동적, 희망적인 변화 이룰 나라라고 예측돼서…"

한국을 사랑해, 한국 아이를 둘째딸로 입양, 셋째며느리도 한국인임은 물론, 한국에서 방문하면 태극기 게양한다네요.

"가장 다시 가고픈 곳은 진도!"

이렇게 말한다는 벽안의 원로학자…한국이면서도 아직 진도 못 간 나…부끄러워라.

인공지능

나날이 진화하고 있다는 인공지능.

챗GPT의 글쓰기 수준에 가공할 만하다고 요즘 난리입니다.

이러다 인간 지배하는 날 오는 것은 아닌지 불안하여라.

인간과 인공지능의 중요한 차이… 전문가가 알려줍니다.

인간 : 모르는 것은 모른다고 한다.

인공지능 : 모른다는 말을 할 줄 모른다. 계속 검색하거나 계산
　　　　　한다. 포기를 모른다!

"아는 것은 안다 하고, 모르는 것은 모른다고 하는 것, 이것이 아
는 것." 이렇게 공자가 말했죠.

"알아야 할 것만 알고, 몰라야 할 것은 모르는 것, 그게 아는 것
이라는 말."

공자의 말씀을 함석헌 선생이 이렇게 해석했죠.

이 시대에 확 와 닿습니다. 가치판단능력!

호모 사피엔스의 이 능력으로 잘 대비했으면 좋겠습니다.

필체

　실학박물관《연경의 우정》전시도록에서 가장 은혜(?)스러운 대목은?

　이덕무 친필시집 원고《청음루십(靑飮樓什)》의 못난 글씨!

　말 그대로 '그리듯이' 썼습니다.

　'이런 붓글씨는 나도…아니 이보다는 잘 쓰겠다.'

　이런 생각이 들게 합니다. ^^

　청나라 문단에서 극찬 받고, 박제가와 함께 규장각 검서로 등용된 실학파 대표 문인도,

　글씨는 악필이었다니!

　아…어딘가 허술해도 사람들한테 위안을 주는구나!

　너무 완벽하려고 하지 말아야겠습니다. ^^

냉이

봄기운 지핀 시골… 밭에서 큰누나가 캐 온 냉이!
나 주려고 한가득 펼쳐 놓고…
흙도 털고 잔뿌리 제거하던 누나 왈.

"냉이는 뿌리를 먹는 거야.
이파리는 별로…"

"그래서 냉이는… 캔다고 하지 뜯는다고 안 해."

아…69년 살았으나 비로소 알았습니다.
채집의 다양한 표현들!
뜯다 캐다 따다 뽑다 털다 꺾다 잡다 줍다…

영어로는 과연 어떻게 표현할는지 궁금하여라. ^^

이제 밥은

아침톡으로 맺어진 네 분의 여성과 만나 이야기꽃을 피웠습니다. 1대가 2대한테 아침톡 소개…2대가 3대한테…3대가 4대로…4대가 5대한테…^^

1대는 경로당 회장에 선출되어 못 오고 2~5대 분들만 모인 것!

5대인 칠순의 어른(황명희 여사)…최근 지인의 장례식장에서 있었던 실화를 들려줍니다.

부인 여읜 남편 분이, 레코드판 틀어 놓은 것처럼 반복해서 했다는 말!

"이제 내 밥은 누가 차려 주지?"^^

새매

2년 전에 집 짓고 귀향한 집안 여동생(이향심)···
지난 주말 성묘하며 만났기에 물었죠.

"시골···살아보니 어때?"
"아직 돈 벌어야 하는 사람은 힘들어요.
시골에는 일자리가 없어서···"

대화 중, 무심코 올려다 본 푸른 봄하늘.
유유히 우릴 굽어보는 듯 선회하고 있는 새매 한 마리!
문득 떠오르는 성경 말씀.

"공중에 나는 새를 보라. 심지도, 거두지도, 창고에 모으지도 아
니하되···"

아···새매가 우리보다 낫습니다. ^^

난해한 말들

1. 한 시간 반쯤 친구와 시시콜콜 통화한 여성이, 전화 끊을 때 하는 말.
   "자세한 얘기는 만나서…"ㅎㅎㅎ

2. 지금은 교장이 읽어주는 방송 동화 시간으로 바뀌었다지만… 운동장에서 쓰러지는 학생 나오도록 30분간이나 길게 훈화하던 어느 교장의 마무리.
   "짤막하나마 이만!"ㅋㅋㅋ

시 공부 모임에서, 교사 출신 회원(구자천 선생)이 말한 생생 경험담입니다.

기지시?

어린이날… 결혼 축하하러 당진행 고속버스 탔더니…
기지시정류장에 내려줍니다.
당진시 가야 하는데 웬 기지시에?
얼른 인터넷 검색해 알아낸 사실!

기지시의 원래 우리말 이름은…(베)틀못.
베틀 모양의 연못이 있는 마을.
이 '틀못'을 한자로 적으면서… 機池市(틀 기/못 지/저자 시)!
'틀'과 '못'이란 한자가 없다 보니 이렇게 된 겁니다.

아… 기지시의 '시'는 도시라는 뜻의 '시'가 아니었습니다.
당진시 안의 동네 이름이었습니다.
거의 모든 소리 적을 수 있는 우리 한글…
다시금 고마워라.

도토리

카자흐스탄에서 사업하는 배대환 사장님…

함께 일하는 카자흐탄 사람 데리고 왔을 때, 도토리묵 먹다 묻더라죠.

"이것 뭘로 만든 건가?"

"도토리!"

그러자… 에퇴퇴… 뱉으며 하는 말!

"돼지나 먹이는 걸 왜 사람이 먹어?"

정말 그렇다네요.

아름드리 도토리나무에서 잔뜩 쏟아져도…

아무도 안 먹는다네요.

들판에 지천인 민들레도…^^

하기야…양고기와 빵과 양파만 먹어도 칼로리가 충분해 그런지도 모르죠.

우린 도토리묵으로 헛배만 불렀는지도…^^

혼자만?

"한 마을에 불행한 사람이 있으면 마을 전체의 책임이고,
아이 하나 키우는 데 온 마을이 필요하다."

상담심리학박사 정지혜 님《수치심과 죄책감의 회복》에서…
이웃의 사랑을 경험해야 수치심과 죄책감 치유받아 행복하다며
소개한 아프리카 속담!

요즘 우리 사회에 적용하면?

"우리나라에 불행한 사람이 있으면 국가와 국민 전체의 책
임…"

대통령을 비롯 모두가 이런 마음으로 살면…
서로 이민 와서 살려는 나라 되지 않을까요?
문득 떠오르는 농부 철학자 전우익 선생의 말씀!

"혼자만 잘 살믄 무슨 재민겨?"

91세

동생(세종대왕)한테 세자 자리 양보한 효령대군!
몇 살까지 살았을까요?
91세!
무려 아홉 왕을 모셨다죠?

일찍이 아버지 태종이,
효령을 세자로 책봉 못하는 이유 2가지가 어쩌면 장수의 비결인
지도 몰라라.

1. 술 못 마심.
2. 무슨 말을 들어도 항상 빙그레 웃기만 함.^^

무병장수하고 싶으세요?
효령대군처럼!^^

명강사도

"명강사 강의도, 여러 해 들어보니, 같은 말의 반복…"

기독교 대학인 연세대에서 근무하다 퇴직한 백승국 선생이 들려준 말!

매주 채플(예배)에 들어가다 보니, 그렇더라죠.

맞습니다.

인문학 강의 위해 유명 강사 유튜브 나도 듣다 보니 그 말이 그말!^^

유명 시인의 대표작도…유명 가수 대표곡도 그저 한둘이듯!

강의자가 한평생 깨친 진리도 그런 거겠죠?

아…어쩌면…

그 한두 마디 말을 남기기 위해,

오늘 부지런히 사는지도 모를 일입니다.

강의 비교

"전임강사는…
누구나 다 아는 내용을, 아무도 모르게(어렵게) 강의한다.
정교수는…
아무도 모르는 내용을, 누구나 알게(쉽게) 강의한다."

베스트 티처 미시간공대 조벽 교수의 말!

맞습니다.
강의는 연륜… 기술입니다.

선생님이

"그날 집에 돌아와 울었어요.
선생님도 우리처럼 화장실 가신다는 말을 듣고…"

내 아침톡 독자인 신명숙 여사…
며칠 전 류광미 님과 함께 찾아와…
초등학교 시절의 문서 보여주다가 문득 들려준 사연!
초등 2학년 때였다니 1956년 무렵…
60년대에 다닌 우리도 선생님 하면 절대 순종했죠.

아…학생이나 학부모나 교사를 이렇게 알던 그 시절…
다시는 올 수 없는 신화 전설의 시대여라.

낙지와 멍게

"낙지가 자라서 오징어…
오징어가 커서 문어…
이렇게 알았었어요."

아현동 이야기 특강 종강 후 낙지 샤브샤브 먹으며…
주민센터 직원이 한 말!

내륙인 충북이 고향이라는 이분…
그 이모님은 이보다 더한 전설 있다네요.
멍게를 꽃인 줄 알고 꽃밭에 심기!^^

아…고향이 내륙인 나도…
산오징어를 산에 사는 오징어로 알았었지요. ^^

복어

바닷가가 고향인 지인(박미례 화가)의 복어 추억담!

"복쟁이라 부른 복어…아세요?"
"알죠. 배가 불룩한 고기!"
"늘 불룩한 게 아니라…간지럽혀야 불룩! 커져요."

그러면서 덧붙인 말!
"우리 어릴 때는 먹지 않고 버렸어요.
그걸 우리가 주워다 간지럽혀 배 불룩해지면…
공처럼 차고 놀았죠.
지금 생각하니 무척 미안!
그림으로 멋있게 그려 원혼 달래줄까 봐요."

아…초등 시절 내 별명이던 복쟁이가 그런 수난을 겪었다니…
내륙인 우리 고향에서는 돼지 오줌보에 바람 넣어 차고 놀았건
만…^.^

퇴계와 율곡

"관직을 그만두고 싶다고?
그만둬도 먹고 살 게 있으면 그렇게!
아니라면 그냥 관직에 있으면서 문제 해결하도록!"

퇴계가 율곡한테 보낸 답장의 요지입니다.
한국사상연구원 학술모임…
'퇴계와 율곡의 만남'에 대한 숭실대 곽신환 명예교수 발표에서
소개한 것.

화폐에 나올 만큼 모두 존경받는 유학자이지만,
처지는 달랐다는 걸 확인하는 자리이기도 했습니다.

퇴계는 노비도 토지도 많아 언제든 관직 그만두고 고향에 내려
와 자유롭게!
율곡은 그런 여유가 없었음!

아…신동으로서 장원급제할 만큼 두뇌 명석하고,
성리학설에서도 더 독창적이라는 율곡이,
퇴계만큼 부유하고 장수했더라면?

영화 〈엔니오 : 더 마에스트로〉

사무실 근처 광화문 시네큐브에서 본 영화 〈엔니오 : 더 마에스트로〉!

영화음악의 거장 엔니오 모리꼬네의 음악 세계를 조명한 다큐였습니다.

〈황야의 무법자〉, 〈미션〉, 〈시네마 천국〉…이런 영화의 매혹적인 배경음악을 만든 분!

1. 트럼펫 연주자인 아버지의 강요로 가족 부양 위해 음악의 길로!
2. 기존의 음악 그냥 가져다 넣는 게 아니라, 상황에 맞게 변형 또는 새 음악을 만들기!
3. 순수음악이 아니라는 이유로 스승과 동료한테서 인정받지 못했으나, 마침내 아카데미상 수상!
4. 주부인 아내한테 먼저 들려주고 나서 영화감독한테 들려주기!
5. "자기 시대의 음악"을 했다는 점에서 위대한 분!

아…한 번 더 보고 싶어라.

적서차별

"아버지를 아버지라 부르지 못하고, 형을 형이라…"

〈홍길동전〉에 나오는 조선시대의 적서차별!

학문 세계에도 있다는 것 아세요?

비명문대 졸업 후 명문대 대학원에서 석박사 받아도,

적서차별로 밀리고 밀리다 겨우 교수 된 사람 많죠.

끝내 시간강사로 마치기도!

"나는 교수 된 후에도 1년 3차(설, 스승의날, 추석)

대학원 지도교수 꼬박꼬박 찾아 뵈었죠.

끝까지 찾아오는 사람은 나 혼자라며 고마워하셔요."

대학 졸업 후 ㅅ대 대학원 가서 학위 받고 한참 고생하다 교수가

된 ㅇ 교수…

이렇게 말하며 웃습니다.

아… 명문대 적자는 제가 잘 나서 잘됐다고 생각하기…

비명문대 출신 서자는, 그나마 지도교수 덕택에 사람 됐다며 평

생 고마워하기!

유재(留齋)

한국사상연구원 학술모임… 류영모 교수의 발표("추사의 예술론")에서 소개한 추사의 글씨!

留齋

유재(머무를 류, 집 재). 추사가 제자(남병길)의 호를 이렇게 지어주고 쓴 현판 글씨라죠.

왜 이렇게 지었는지 작은 글자로 옆에 적어 놓았는데, 그 내용이 아주 좋아 공유합니다.

"남김을 두는 집!

다 쓰지 않은 기교를 남겨서 조물주에게 돌려주고,

다 쓰지 않은 녹(봉급)을 남겨서 나라에 돌려주고,

다 쓰지 않은 재물을 남겨서 백성에게 돌려주고,

다 쓰지 않은 복을 남겨서 자손에게 돌려주라."

아…산업혁명 이래 '소비는 미덕'이라며, 자원이랑 지나치게 쓰다가 잘못된 우리… 명심할 말씀입니다.

차라리

"옛날 당 태종(唐太宗) 때에 수도 주변에 황충이 발생하자…
당 태종이 황충을 집어 삼키려 하였다.
병이 될까 우려하여 좌우에서 만류하니, 집어든 황충을 향해 태종이 말했다.
'네가 우리 백성의 양식을 먹을진댄 차라리 내 폐와 간을 먹어라.' 하고는 마침내 삼켰다고 한다."

조선 중종 때 서울 안팎에 황충(메뚜깃과의 해충)의 피해가 심하자,
빨리 잡아 묻으라고, 중종 임금이 분부하면서 소개한 예화!

마포사랑회 요청으로《마포, 역사와 문학》원고 교정하다가 눈에 띄어 공유합니다.

아…정치적 연기인지는 모르겠으나…
감동으로 다가오는 당 태종의 리더다운 그 말.
"차라리 내 폐와 간을…"

교통비

딸이 유학 가 있는 일본 동경 다녀온 한은희 실장이 전하는 그곳 교통비!

"우리와는 비교 못하게 비싸요."

"지하철만 봐도, 기본요금이 우리보다 높은 것은 물론…

첫 3~4역 지나고 나면, 요금이 자꾸 올라가요."

"우리는 3시간 이내…4회까지 환승 가능하지만…

그런 제도 없어서, 대중교통요금이 아주 부담스러워요."

그래서, 우리나라엔 없는 것 두 가지는?

1. 봉급 외에 교통비를 별도로 지급
2. 자전거 많이 타서, 자전거 세우는 데가 많고, 자전거 보험도
   발달.

중산층?

국회에서 열린 '잡지산업생태계 발전을 위한 정책토론회!'

좌장 맡았기에, 건강 검진 마친 후 참석했죠.

도서와 신문처럼 잡지 구독비도 소득공제 혜택 줘야 한다는 정윤희 대표의 발제에 이어

지정토론자 7인과 잡지협회 회원들의 2시간 동안의 열띤 토론!

전 서울도서관 관장 이정수 선생의 발언이 인상적!

"중산층 기준⋯ 우리나라와 선진국이 달라요.

빚 없이 부동산과 자동차 보유, 연 1회 세계여행⋯

이렇게 경제적 여유로만 따지는 게 한국."

"사회적 약자 돕는 일에 참여하는가⋯

테이블 위에 정기구독 비평잡지가 있나⋯

이게 선진국."

아⋯우리도 선진국인 줄 알았더니 아직 아닌 듯!

비치는 못할 망정 매월 도서관 가서 읽기라도 해야지⋯

곰국?

고졸 후 서울 올라와 처음 먹어 본 곰국(곰탕)!

외육촌 누나(장귀남 여사)의 아들 과외지도 마치고 나온 음식이
었죠.

"이게 뭐죠?"

"곰국이다. 몸에 좋다."

뽀오얀 국물 속에 뭉클뭉클 고기 몇 점!

'곰국?

세상에!

그 귀한 곰을 다 먹다니…부잣집은 다르구나.'

그렇게 생각했던 곰국(곰탕)의 정체…

한참 후에야 알았죠. ^^

질문 안 받으면

상주향교 강의 갔을 때, 터미널까지 나와준 유영봉 선생님 부부
와의 대화!

나 : 오늘 두 시간 강의인데, 질문 시간 갖나요?

부부 : 그냥 강의만 하는 강사도 있지만⋯ 10분 정도 갖는 게 좋
　　아요. (그러면서 덧붙인 말이 재미있습니다.)

부부 : 꽉 채워서 강의만 하고 가면 청중이 뭐라는 줄 아세요?

　　실력 없어서 그런다고 해요.

　　질문 못하게 하려고 일부러 시간 채운다고⋯

　　어려운 질문 나올까봐⋯

아⋯그 말 듣고⋯

1시간 30분까지만 강의하고 질문 받았죠.

좋은 질문이 많아 내가 유익했습니다.

역시 물음이 답!^^

어찌 이렇게 늦게

"어찌 이렇게 늦게 만났단 말인가?"

대동여지도 김정호보다 먼저 태어나 과학적인 지도 제작의 길 개척한 실학자 여암 신경준이 43세에야 급제하여 영조를 만났을 때…

반백의 신경준을 보며 영조가 두 번이나 한 말이라죠?

학문이 깊은 영조이기에 금세 신경준의 실력을 알아보고 안타 까운 나머지 그런 거겠죠.

내가 기획한 순창 학술대회에서 이 발표 들으며 드는 생각!

아…늦게나마 자신 알아주는 사람 만난 신경준은 얼마나 행복 했을까…

북인이라 벼슬은 좌승지에 머물렀다지만 원도 한도 없었으 리…

교과서에 실려야 할 '조선시대 최고의 지리학자'!

피차 이런 귀인 만나소서.

스웨덴

복지국가인 스웨덴!
부러운 나라 가운데 하나죠.
그러나 이해할 수 없는 현상 하나!
자살률이 높은 점이죠.
스웨덴 체험 있는 조카사위(이광준)가 얼마 전에 들려준 답은?

"밤이 길고⋯햇빛 절대 부족한 환경 때문!"

아⋯밤이 길어 혼자 오래 지내므로⋯
철학과 공예와 음향 분야에서 탁월성 보이지만⋯
우울한 나머지 이렇다는 것⋯
일리 있는 해석이어라.

그런데, 햇빛 좋은 우리나라의 높은 자살률은?ㅠㅠ

왜 혼자?

터키에 1개월 머물다 온 장장식 박사.

우리 윷놀이같은 놀이 있나 조사하러 다닐 때

자주 들었다는 질문은?

"한 달간이나 있으면서

왜 혼자?"

온 가족이 함께 움직이는 유목민족의 문화…

그 눈으로 볼 때, 혼자 살며 돌아다니는 게 이상했던 거죠.

그 말 들으니 비로소 짚이는 일 하나.

몇 년 전, 연세대 한국어학당에 6개월간 연수받으러 온 튀르키
에 여성[현재 카이세리대 교수] 월세방 얻어줬을 때,

남편이 휴직하고 곧 합류할 거라고 했던 말…^^

유목시절…아득한 광야에서 한번 헤어지면 만날 기약 없어 그
렇다네요. 그 체험이 유전자에 새겨진 모양.

이분들, 여러 해 떨어져 사는 우리 기러기 가족 이야기 들으면
아마 까무러칠는지도…^^

일본같았으면

일본에서 대학 교수로 있는 지인.
방학에 입국해 지하철로 이동하다 그만
홍대입구역 에스컬레이터에서 실족!
나뒹굴어 하마터면 큰일날 뻔 했다네요.
하지만
주위에 있던 대학생들이 붙들어 잽싸게
붙들어 주고 부축해 줘 괜찮았답니다.
아찔했던 그 순간 이야기하며 하는 말.

"일본 같았으면…"
그곳에서는 본체만체하기 일쑤라네요.
문득 떠오르는 16세기 송강 정철의 시조.
"이고 진 저 늙은이 짐 벗어 나를 주오…"

아…늘 착한 우리 2세들.
넘어져도 우리나라에서… ㅎ ㅎ ㅎ

20분

탄현에 있다는 어느 메밀막국수집.

거기서 주말마다 알바하는 지인이 들려주는 가게 운영방침이 특이합니다.

맛집으로 소문나 늘 줄 서서 기다리는 손님들…

더러 포장해 달라면 묻는다네요.

"집까지 얼마나 걸리죠?"

20분까지는 팔지만, 그 이상 걸린다면 절대 사절!

왜?

병환 중인 부모님 드릴 거라 해도…

20분 넘으면 면이 불어 제 맛이 아니라며…

메밀면 20분 안에 먹어야 한다는 사실도,

이미지 관리를 이다지도 철저히 하는 막국수집도 금시초문. ^^

스트레스

스트레스(stress)의 중국어 표기는?

精神壓力 정신압력

정신을 짓누르는 힘···정신이 받는 외부 압력.^^

얼바 전 건강검진 받으러 가서 발견한 말···

그럴 듯한 번역입니다.

"나 요즘 정신압력 받고 있어."

"나 정신압력 받게 하지 마."ㅎㅎㅎ

우리는 원어대로 '스트레스'라 쓰지만,

자기네 식으로 의역해서 쓰는 중국.

주체성이 강해서만 그럴까요?

스

트

레

스

이 네 발음, 우리 한글은 소리대로 적을 수 있으나···

중국 한자로 적기 어려워 그런 점도 있죠.

이름

기말시험 답안지 채점하다 다시 확인한 사실.
160여 학생 가운데…
똑같은 이름이 거의 없습니다.
오직 '김수현'만 둘(아마 한자 표기는 다를 것).

내가 알기로, 서양에서는 있을 수 없는 일이죠.
남자는 죤, 장, 요한, 후안…
여자는 앤, 안나, 해나, 한나…
이런 이름이 하도 흔해,
'누구 아들 죤', '누구 딸 한나'라고 해야 한다죠(성이 다양해 구별은 가능).

몽골과 카자흐스탄에도 가 보니
남자 이름은 '영웅', 여자 이름은 '꽃' 천지…
아주 개성적인 우리나라 사람의 이름.

그래서 그런가요?
비위 맞추기 참 까다로운 우리.
우리나라 소비자 맘에 들면, 그 상품은 대박이라죠?^^

글씨 평가

서예… 글씨 평가…

어떻게 할까요?

우리나라에서는 국전 입선해야 알아준답니다.

아무리 잘 써도 국전 거치지 않으면 인정받기 어렵다는 것.

본고장 중국은 다르다죠.

전문 서예가보다는 본보기가 될 만한 삶을 살아간 분의 글씨를
좋아한답니다.

"지금은 서예가 독립해 있으나, 원래는 생활하다 여가 활용해 쓰
는 것.

그림도… 시 쓰기를 비롯해 글쓰기도 마찬가지."

국전에 참여하지 않은 소지도인 강창원 서예전시회에서

추사 연구자 김종헌 선생의 이 설명 들으며 든 생각은?

아무리 멋진 글 쓰고, 멋진 글씨와 그림 자랑한대도

그 사람 됨됨이와 삶이 매력적이지 않다면…

예컨대 명필 이완용의 붓글씨…

도대체 무슨 의미가 있단 말인가?

도대체…

카자흐스탄식 결혼

카자흐스탄에서 선교사로 활동하는 분 딸의 결혼식에 참석했습니다.

우리나라에서 내국인끼리 하는 결혼이지만 형식은 카자흐스탄식!

피로연 시간에 원하는 사람 나와서 덕담하기…
외국이라 참석 못하는 신부 지인들의 영상 메시지에 이어
신랑 부모님의 축하 편지 낭독
신부 아버지의 편지…
신랑 가족과 지인의 한마디…

애경사에서 돌아가며 한마디씩 하기 또는 노래…
우리한테는 낯설지만 구소련권 사회에선 익숙한 문화죠.

부조하고 끼리끼리 밥만 먹고 마는 우리와는 다른 문화. ^^

제주도

제주시에 별장 있는 김종수 이사장의 질문.
"왜 제주시에 전 인구의 50퍼센트가 모여 사는지 아세요?"

모른다고 하자 하는 말,
"태풍 때문.
남쪽부터 영향 주고… 한라산 넘다가 약화…
제주시는 안전. 그러니 제주시에…"

한 가지 더 말해 줍니다.

"지금은 해변 땅이 비싸지만 과거엔 안 그랬어요.
장남부터 안전하게 높은 데서 살게…
막내는 해변에…"^^

거지의 다양성

거지…나라마다 다르다네요.

인도 거지는 아주 당당.
'네가 내게 적선하면 네가 구원받는 거야…
네가 구원받을 수 있는 기회를 내가 제공하는 거야…'
이런 마음이므로 태평하답니다.
설령 누가 적선하지 않아도 슬퍼하지 않기.
지금 거지이지만 내세에는 고귀하게 환생할 것이므로…

유럽 거지는 다르답니다.
비참한 표정의 이태리 거지…
아주 절박한 어조로 구걸하기…
사과 하나를 주어도 감사 연발…

두 군데 여행하고 온 지인이 덧붙이는 말.
"우리나라… 요즘 거지 없어요. 노숙자도 동냥은 안해요."
듣고 보니 그렇습니다. 그 많던 거지는 다 어디로 갔을까요?
아 참, 일본 거지는 쓰레기통 뒤져 먹는다죠?

사우디아라비아

사우디아라비아에서 다년간 사업하는 분(박성흠 님)이 전하는 그곳 문화 몇 가지.

첫째, 아파트 대신 3층 정도 집을 지어 부모 형제가 함께 모여 살기.

1층 한켠은 부모님 방, 나머지는 온 가족이 모여 식사하며 어울리는 공간.

2층은 다른 동생들 차지.

3층에서 장남이 살다…부모님 돌아면 장남이 1층으로…

둘째, 전통적으로 근친혼. 사촌 가운데 잘 생긴 얼굴 골라서…^^

왜 근친혼하느냐 묻자 그러더랍니다.

"고이 기른 자식…근본 모르는 남한테 어찌 주나…속속들이 잘 아는 친족한테 줘야지…"

근친혼 결과로 장애아가 많지만 가족끼리 정성껏 돌보기.

셋째, 여성들의 얼굴 가리개…가족간에 모일 때도 필수…오직 부부 단둘이 있을 때만 벗기.

넷째, 우리 집성촌처럼 도시 전체가 특정 성씨 집단이기 일쑤.

다섯째, 왕위 세습제…절대로 장남에게 물려주지 않고 차남 가
운데에서…

들다 보니, 첫 번째 문화…
마음에 듭니다. ^^

톨레랑스

지난 금요일, 내가 봉사하는 중립문화센터에서 만난 분.

KBS 주불 특파원이었던 이정옥 박사. 프랑스 국민의 톨레랑스(관용)에 대해 새로운 사실을 말해 줍니다.

"프랑스에서는요…좌파든 우파든…

일단 정권을 바꾸면 소신껏 해 보라고…용인하는 편."

"예컨대 제1공영방송(한국으로 치면 KBS 9채널)을

우파가 민영화하기… 세계 유례 없는 일인데도 비판 정도만…"

프랑스의 똘레랑스(관용)…개성을 존중하고 이주민 포용하는 좁은 의미의 톨레랑스만 알았더니 아닙니다.

프랑스혁명 이래 사회 변혁을 다룬 '사회소설'의 원조국인 프랑스… 2차대전 때 독일한테 점령당한 경험이 깊게 남아 국가의 안정 우선시하는 국가주의가 작용한 결과인 듯하다네요.

아무렴…선거로 선택한 정권…소신껏 일하게…

임기 동안 지켜보다 아니다 싶으면 다음 선거 때 갈아 치우기…

보수와 진보의 강점 극대화한 나라 위해…

아…우리도 어서 남북 관계 호전되어, 이렇게 살았으면 좋겠습니다.

오징어 게임

세계 1위 넷플릭스 한국 오리지널 드라마 〈오징어게임〉.
이틀에 걸쳐…제1화 1회부터 9회까지 다 봤죠.
빚에 몰린 456명 막장 인생 모아 상금 걸어 놓고 이런 저런 게임 시키는 이야기.
누가 누가 살아남고 탈락하나…

첫 번째 게임인 〈무궁화꽃이 피었습니다〉
어릴 적 많이 했던 놀이…
술래 여자 인형이 지극히 평화로운 목소리로
"무궁화꽃이 피었습니다."
그 말 끝날 때까지 전진하다 멈추기…
이후에 조금 움직이자마자 "탈락!" 소리와 함께…
탕탕탕!
기관총 소리와 함께 피 흘리며 쓰러지는 사람들.
설마 진짜 죽는 건 아니겠지…했으나 사실!

잔인하여라…
우리 전통 정서와는 맞지 않았습니다. 일본이나 서양풍…
우리 문제 다루되 우리 식 해피앤딩 처리했으면 더 좋으련만…^^

독일 교육

남편 따라 독일에서 17년 살다 최근 귀국한 대학원 제자 최숙인 여사. 아침톡 전시장에 나타났습니다.

깜짝이야…

"독일 살면서 가장 좋았던 것은?"

서슴없이 나온 대답.

"교육요.
과거 히틀러 때 어떤 잘못 저질렀는지…
초등 때부터 반복해서 가르치고 토론시켜요.
그래서…매우 미안해하는 마음으로 사는 독일 국민…
앞 세대에서 저지른 잘못…계속 반성하는 교육.
맑은 공기와 함께 좋았어요.
하늘과 단풍은 곱지 못하지만…
멋졌어요."

왜 남의 것을

우리 것 연구하는 게 중요하다는 사실 일깨우는 일화 둘.

1화 : 동국대 불교학과 이기영 교수의 경우. 가톨릭 신자로 프랑스신학 공부하러 프랑스 가자, 지도교수 왈.

"너희 나라에 원효라는 위대한 인물 있건만… 왜 잘하지도 못할 남의 신학 연구하려고 하느냐?"

그 말에 주제 바꿔 불교학 권위가 됐다죠.

2화 : 서울대 국문학과 오세영 교수의 경우. 미국 하버드대 교환교수로 가서, 시(詩)에 대해 열심히 강의하자 그러더라죠.

"그 이야기는 우리가 다 안다. 한국의 독특한 시에 대해 이야기해라."

그래서 우리 시조(時調) 소개하자 귀를 쫑긋… 재미있게 듣더라죠 ^^

아… 세계화시대라지만, 각자 자기네 것 잘 알아야 대접 받고 기여도 할 수 있어라.

기자

"취재 나간 병원… 새벽에 들어오는 구급차…
나중에 나를 보니, 그 환자가 잘못되길 기다리고 있더군요.
그래야 사건이 되고 기사화하니까요.'"

CBS 기자 거쳐 지금 YTN 앵커인 변상욱 님이 유튜브 방송에서
털어놓은 사연!
남의 불행이 내 행복…?
그때 자기 자신을 들여다보고는 한동안 취재할 수 없었다네요.
마침내 이를 극복하고 큰 기자가 되어 활약한 변 앵커.

기자한테 그런 고뇌 있을 수 있다는 사실…
처음 알았습니다.

딴은 의사와 약사… 판검사와 경찰도… 직업 군인도…
아니 거의 모든 직업이 다 그런 듯. ^^

천재의 독서법

"30분이면, 한 권 읽어요.
서론, 결론, 차례 읽고… 본문에서 필요한 부분 골라 읽기."

"밑줄 적게 그을수록 잘 읽은 것.
독서 지도할 때 이러면 좋아요.
잘 요약한 부분 찾아 밑줄 긋기…"

천재 선생님이 가르쳐준 독서법…
이 악물고 훈련할 일. ^^

우리 형의 공부법

코오롱 퇴직 후 공인중개사와 주택관리사 자격증 따서 아파트 관리소장 일 하는 우리 형(이재관 장로).

학원 가지 않고 집에서 인터넷 강의만 듣고 합격한 비결 말해 줍니다.

처음… 집에서 혼자 공부해 보니 안 되더라죠.

냉장고 열어봐… 들락날락…

학원에 가 보니 모두가 젊은이인 속에 끼어 공부하기도 쑥스럽고… 왕복하느라 드는 시간이며…

차라리 집에서 공부하되 독하게!

이렇게 작심하고 오전 6시부터 오후 10시까지…

책상 앞에 앉아 인터넷 강의 반복해서 들었다네요.

나중에는 빠르게 돌려보기… 1.5배속애서 2배속으로… 모르던 것도 차츰 알게 되기.

마침내 성공! 70 나이에 아직도 일하고 있습니다.

영재의 특징 가운데 하나가 집중력… 이라더니

우리 형이 바로 영재인가 봅니다. ^^

옥수수 까서

"옥수수 까서 그렇대요."
케냐에 신설했다는 멜빈대 교수 상견례 마치고 점심 먹을 때…
옥수수 먹는 케냐 여성들의 팔뚝이 무지 굵다기에,
옥수수 먹으며 어찌 그리 팔이 굵으냐,
내가 묻자, 여성 분이 들려준 말.
옥수수가 주식인 그곳… 종일 옥수수 까랴…
걸어서 물 길어오랴…
그래서 근육이 튼실하다네요.

인구 70퍼센트가 크리스찬이라는 그 나라…
예배도 보통 너댓 시간씩
설교. 노래…간증…설교…노래…
지칠 줄 모르고 계속한다네요.
일요일…할 일도 TV도 없어 그렇다지만 대단한 체력…

부러워라.
케냐 가서 옥수수 까야겠습니다. ^^

수족관

일본 횟집의 특징은?

수족관이 없음!

세상에 횟집에 수족관이 없다니…

최근에 비로소 안 사실.

몇 년 전 일본 나고야 유명 초밥집 갔을 때도 수족관은 없었던 듯.

이유는?

활어회 좋아하는 우리와는 달리, 숙성시킨 걸로 만들기 때문.

그래야 부드럽고 소독도 된다네요.

평생 드나든 횟집이건만 이제야…

아는 만큼 보인다는 말, 진실입니다. ^^

you are hot

세익스피어의 〈햄릿〉에 나오는 대사…
결투하고 돌아온 아들을 보고 어머니가 한 말은?

"you are hot."

너는 뜨겁다?
연구자들이 해석 못해 전전긍긍하다 우연히 풀었답니다.
'땀에 젖어 있다.'… 이 말을 'hot'으로,
어느 지역 방언에서 이리 표현하더라죠.

제주도에서 열린 한국출판역사연구회 학술모임 참가했다가,
영어전공 한경신 선생님한테 들은 내용입니다.

김동인의 〈감자〉도 '고구마'의 방언…
김유정의 〈동백꽃〉도 '생강나무꽃'의 방언이듯…
방언 알아야 제대로 감상할 수 있는 작품 많죠.

4four

기절초풍할 일 :

종교와 신앙

금주

"1989년 3월 1일부터 술 끊었어요."
"독립선언한 삼일절에⋯ 술로부터 독립하셨군요.
무슨 계기로?"
"예수님 믿고 세계관이 바뀌어서⋯"

박사논문 심사 때 만난 아주대 조광국 교수⋯
술 잘 마시다가 그후로는 안 마신다네요.

아⋯ 원래 술맛 모르는 나와는 달리,
술맛 알면서도 36년째 금주라니⋯
불교의 돈오돈수(頓悟頓修)*가 이런 거겠죠?^^

*돈오돈수(頓悟頓修) : 단박에 깨쳐서 더 이상 수행할 것이 없는 경지를 이르는 말.

스미다강 그림 전시회

서울역사박물관… 17~19세기 에도시대 도쿄 스미다강 그림 전시!

우리나라 18세기 '유만주일기' 전시의 답례로 일본에서 온 작품들이라네요.

정부간 대립과는 별도로 민간의 문화교류 다행이어라.

가장 인상깊었던 점은?

절과 신사의 관계!

에도시대는 절이 신사보다 컸습니다.

신도를 국가종교화한 메이지시대의 영향인지….

지금은 신사가 더 큰 일본…

우리로 말하자면 대웅전보다 산신각이 더 우람한 셈…

보편성이 맥 못 추는 나라!

태평양전쟁 전범들을 비롯, 죽으면 모두 신으로 섬긴다니…

부처님과 예수님도 오만 가지 신 가운데 하나로만 여긴다니…

참 난해하여라. ^^

남성당

진주 유명 한의원이었던 남성당(南星堂)!
어느 날 김장하 원장께 어느 분이 물었다죠.
"어떻게 진료하기에 손님들이 많죠?"
김장하 명의의 대답은?
"약 다 지어 배달 보낼 때마다…
이 약 먹은 분들 효험 있게 하소서…"
이렇게 하나님께 기도한다더라죠.
버는 대로 기부 많이 해, 그만둘 때도 재산이 처음과 같았다는 분!
명신고 세워 철 따라 교사들한테 보약 지어 먹이는 등 우대하자,
시기하는 사람들이 투서해 들이닥친 세무서 직원들…
샅샅이 조사하고 나서는 무릎 꿇고 절했다네요.
이렇게 희생적으로 운영하는 분은 처음이라며…

내 아침톡…한 분씩 기도하는 기회로 삼아 보낸다고 하자…
진주 경상대 안동준 교수께서 들려준 아름다운 이야기…
진주같은 의원이셔라.

고사

"고사 가장 많이 지내는 곳…어딘지 아세요?"
전통문화 관련 어떤 모임에서… 진행자가 웃으며 묻습니다.

어디지?

궁금해하는데 답왈,
"경찰서 형사과!
제발 범인 잡게 해 달라고…"^^

AI 활용하는 21세기이지만, 범인 잡기 위해 고사도 함께 지내는
우리…
아…호모 사피엔스. ^^

탄생

가족과 함께 본 영화 〈탄생〉!

우리나라 최초로 사제 서품을 받은 김대건 신부(1821~1846) 이야기죠.

가는 날이 장날? 입장하자 주연인 윤시윤을 비롯 10여 명이 무대인사를 하고 있다가…

우리가 중간에 들어가자 하는 말.

"저분들 앉으시면 계속할게요."^^

아유 미안하여라.

난생 처음 목격한 무대인사!

이 영화에서, 사제 자격 조건과 관련해 가장 인상깊었던 대사는?

"말보다 행동이 앞서는 사람인가요?"

어디 사제뿐일까요?

말이 앞서는 사람… 말 바꾸는 사람은 어디에서든 결코 결코 결코…

돼지고기

정동 사무실에 방문한 불교민속학자 구미래 박사.

한국연구재단 지원으로 출판한 《공양간의 수행자들》을 줍니다.

불교 수행자들의 후원(부엌) 문화에 대한 모든 것!

"석가모니가 무슨 음식 때문에 사망했죠? 우유? 돼지고기?"

"상한 돼지고기(*돼지가 좋아하는 버섯이라고도 함)!"

"불교는 육식을 금하는데 웬 돼지?"

"초기불교는 주는 대로 먹는 탁발이라…"

지금도 남방불교 지역에서는 탁발 중심…아니면, 신도들이 해다 주거나 한다네요.

대승권인 한중일 삼국은 자급자족 원칙 아래, 스스로 농사지어 해결…

듣다 보니 드는 생각.

아…불교도 시대와 지역에 따라 차이가 있구나!

그런데도 안 바뀌는 게 있다네요.

남방에선 여성에겐 아예 비구니계도 안 줌.

한국에선 절대로 여승인 비구니한테는 본산 사찰 주지는 안 시키기. 하기야, 기독교에서도 여자 장로, 여자 목사 불가능한 교파 있죠.

대추

"대추 많이…실하게 열리게 하려면?
대추나무에 염소를 매어 두기!"
왜?
마구 뜯어 먹고 문지르곤 하면…
위기 의식 느낀 대추가 번식하려 사력 다한다는 것!

주말 사제동행 길에 들은 이야기입니다.
덧붙이는 말도 흥미로워라.
"흉년이 들면…고구마와 도토리 같은 구황식물 생산량이 늘어
난대요."

아…성경에…고난이 유익이라더니…^^

누리호 2

드디어 발사한 누리호!
탑재한 8개 위성의 분리 사출 소식 전하면서도…
"아직 마음 놓지 못해요."
이렇게 말하는 관제탑의 여성 박사!
"속도가 나와야만 안심.
너무 느리면 지구 중력 때문에 우주로 못 나가고 떨어져…"

아…모든 걸 계산해 쏴 올려도…
예상대로 된다는 보장은 없다는 얘기.
아마도 날씨를 비롯해 변수들이 있어 그런 것이려니…
우리 인생의 불확실성처럼…
그럼에 거듭 놀라워라.

빅뱅 한참 후 태양에서 분리된 지구가 적당한 속도와 중력으로
여기 안착해
우리가 안심하며 살고 있다는 기적!
우연? 누군가의 설계에 따른 필연?^^

문신

"이 더위에 웬 잠바? 벗고 좀 다녀요."

나보다 먼저 이발하고 나가는 손님한테 이발소 아주머니가 한 말!

"젊어 철없을 때 한 문신 때문에…"

"그럼 지워 버리면 되잖아요?"

"안 돼요. 화상 자리가 그대로 남아서…"

"아…그래서 이 더위에도 긴팔 옷을…"

"그래요. 내가 지은 죄로…"

아…내가 들어섰을 때, 얼른 앉을 자리를 만들어준 분…

분명히 이제 개과천선한 몸이건만,

주홍글자처럼 선명히 남아 있는 저 흔적!

죄와 벌?^^

알지?

요즘 유튜브로 인기 높은 김기석 목사님.
구독자 30만
조회수 20만…
무슨 강의인가 하다가 이럽니다.

"밖에 나가면 사람들이 알아보고 칭찬해요.
돌아서서 내 스스로에게 뭐라는 줄 아세요?"

이렇게 주의를 준답니다.

"알지?
넌 아무 것도 아니야…"

흙으로 빚어진 존재…라고 믿는 목사다운 그 자세.
멋집니다.

잔소리같은 설교

"내가 왜 교회 안 나가는지 아세요?"
몇 차례 교회 나오다 안 오는 분이 묻습니다.
"왜죠?"
"설교 때문…
가게에서도 손님들의 잔소리 지겹게 들었는데 교회까지 와서
잔소리라니…
싫어요."

글쓰기도 가르치려고 해서는 안 되듯…
설교도 잔소리처럼 해서는 안 될 듯.

이야기같은 설교…대화식 설교…
기존 신자들한테도 그런 설교 필요할 듯.

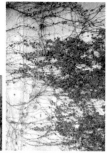

낙하 훈련

공수부대 출신 지인한테 들은 말.
군목의 경우는 아주 많이 뛰어내린다네요.

왜?

낙하 직전 기도해 주기는 물론…
아무도 1번으로 뛰어내리려 하지 않기 때문에…
늘 맨 먼저 뛰어내려 그렇답니다.
그러면 용기 내어 낙하들…
군목은 보통 40번… 별표 붙는 100번 경력자도 있다죠.

그 말 듣고 드는 생각.
군대 밖 교회에서도 그렇게 하면 어떨까?
설교하기 전에 그 내용대로 솔선수범하기…
특히 윤리적 설교는 반드시…
목회자만이 아니라 교사들도…
말 잘하는 유튜브 강사(유튜버)들도… ^^

죽으면 죽는 거지

고향 친구의 부친 최병갑 어른.
참 침착하기 짝이 없던 분이었죠.
얼마 전 그 딸이 들려준 일화.

"글쎄 한번은 우리집 돼지 막이 무너졌어요.
다 죽을 것만 같아…안방에 계신 아버지께 말씀드렸으나 태연
히 그냥 계시는 거에요 글쎄."
그때 일이 너무도 궁금해 먼 훗날 여쭸다죠.
"아버지, 그때 왜 가만히 계셨어요?"

그러자 이러시더라죠.
"뭐 죽으면 죽는 거지…"

죽고 사는 것,
하늘에 맡기고 편안히 사셨던 분.
교회는 안 다녔지만…
참 진짜 신앙인. ^^

창조주권

사람은 누구나 창조주권 즉 창조력을 지니고 있다…
그 발현을 방해하지만 않으면 누구나 꽃 피울 수 있다…

이렇게 주장하는 조동일 선생님.
제자가 불교 지식을 인용해 질문했습니다.
"근기 있는 사람만 능력 발휘하지 않나요?"
"아니오. 근기와 관련 없이 누구나 대등하게 창조주권 가졌어요. 차별하는 건 차등론."

그러면서 든 예는?
"학자나 수도승 노릇 잘하는 것만 소중한 게 아니에요.
학자도 연구에서만 창조력 발휘…다른 일은 못하는 바보에요.
절간에서 큰솥에 밥 잘 짓는 일…도 닦는 수도승은 못해요.
각자가 발현하는 창조주권…서로 대등해요."

교회만 안 나갈 뿐…설교말씀만 같았습니다. ^^

죄와 벌

도스토예프스키의 〈죄와 벌〉.
러시아어에서 '죄'란 말은 우리와는 다르다네요.
한 걸음을 내딛다…
넘어가는 것… 영어로 오버스텝(overstep).

이 작품에 적용하면 살인자 라스코리니코프와 창녀 소냐는 발걸음 잘못 내디딘 사람들.
범죄하고 나서 마음에 고통받던 주인공은 8년형 선고받아 시베리아로 유형 가는 벌 받고서야 비로소 마음의 편안함 느낍니다.

죄 짓고 고통 받아야 구원!
이게 도스토예프스키의 생각이랍니다.

죄가 풍성한 곳에 은혜도 풍성하다는 신약성경과 상통하여라. ^^

기절초풍할 일

로쟈 이현우 박사…
도스토옙스키 〈죄와 벌〉 강의하다 문득 하는 말.

"죽은 사람이 다시 살아나다니…
기절초풍해야 마땅하죠.
안 믿는 사람이라면 몰라도 기독교 신자라면…"

여주인공 소냐의 신앙 소개하며 한 말입니다.
복음서에서, 나사로 살린 예수의 기적 대목 읽을 때 마치 자신이
부활한 듯 승리감에 도취해 어쩔 줄 몰라하는 소냐를 보며, 살인
자 남주인공 라스코리니코프가 변화받아 마침내 죄를 자복…시
베리아로 유형길 떠나기!

무신론자로 보이는 이 박사 입에서 툭 튀어나온 그 말…
신자인 나 들으라고 하는 말만 같아라.

얼른 교보문고 달려가 최근 번역 민음사판 〈죄와 벌〉 샀습니
다. ^^

5 five

미안해 고마워 :

살아볼 만한 세상

유머

"무슨 차를 드릴까요?"

"벤츠!"

방정환과 이영철의 '깔깔 웃음'을 주제로 모인 학술모임 시작하기 전…

회원 간에 오고 간 대화!

먼저 온 회원이, 나중 온 회원한테, 무슨 차 마시겠는지 묻자 농담으로 받은 거죠.

한국동화 전공 김경희 교수의 어린이 웃음 연구 발표 들으러 모인 사람들다워라.

일제시기…《어린이》잡지의 어린이 투고 자료 가운데 하나는?

"아버지, 왜 머리가 흰가요?"

"네가 속썩여서…"

"아하! 할아버지 머리 흰 걸 보니…아버지가 속 많이…"

사람만이 웃을 수 있고…

우울증 걸리면 못 웃는다죠?

심란한 일 많아도 웃으며 사시지요.

어떤 대리점

어느 분 세탁기 사러 가는 데 얼떨결에 묻어서 갔죠.
가까운 대리점 놔 두고 왜 수색역까지?
궁금했으나 알게 됐죠.

1. 57년 장사 이력 보유한 주인 아저씨.
2. 인터넷과 비교해도 더 이상 쌀 수 없는 가격.
3. 그래도 남는다며 선풍기 끼워 주기.
4. 동행한 3인 포함해 4인에게 냄비 하나씩 공짜로 안기기.

문밖까지 나와 90도 절하며 배웅하는 아저씨…
한 번 들렀다 하면 다시 가지 않고는 못 배길 만하여라.
박리다매!
무슨 장사든 이렇게 하면…

단추 집

"우리집엔 적당한 단추 없네요.
바로 옆 D동 가면 더 많아요."
 즐겨 입는 골덴 양복 단추 하나가 떨어져 들른 동대문종합상가
B동!
 비슷하기만 하면 되니 골라 달라고 하자… 이렇게 말합니다.
 내 보기에, 여기도 아주 많으니 대충 줘도 되련만!

 D동으로 가자, 열중하던 일손 멈춘 아가씨…
 1개 400원짜리 단추 두 개이건만… 열심히 고르면서 하는 말!

"평범한 걸 좋아하시나요?"
"이건 너무 어둡네요."

 하도 고마워서 여분으로 1개 더… 3개 도합 겨우 1,200원!

 오랜 만에 들른 동대문시장… 외국인도 많이 찾는다더니…
 든든하여라.

밑반찬

익선동 아이옥션에서 간찰(한문편지) 실컷 구경 후,
지인들과 점심 먹은 어느 음식점!

이야기꽃이 만발하여 오래 죽치고 있었건만…
다 먹은 밑반찬 접시를 자꾸만 채워 줍니다.

가라는 눈치는커녕…
맘놓고 충분히 먹고 가라는 듯이 그렇게!

아…무슨 반찬이 떨어졌나 이따금 살피는 모양…
어머니처럼!
세상에 이렇게 넉넉한 음식점도 있습니다.

학생들 덕에

"애들 덕에 내가 살았어요."

TV 프로(생생정보통)에 나온 원주 어느 초등학교 옆 50년 떡볶이
집 아주머니의 말씀!
아이들이 먹고 산 게 아니라…
아이들 때문에 내가 먹고 살았노라… ….

아…나도 그랬습니다.
애송이 강사 시절…설익은 밥만 같았을 내 강의 묵묵히 들어줘
나를 키워준 학생들…
두고두고 감사 미안하여라!

특히 40년 전, 첫 전공강의 들은 학생…
시집 낸다며 발문 쓰라기에 엊그제 냉큼 썼죠.
빚 갚는 기회가 왔다 싶어 고마운 맘으로 기꺼이…
시인도 아니면서!^^

미담

"남들 보는 데서는 우리 어머니가 가장 많이 울고…
안 보는 데서는 이희호 여사가 가장 많이…"

육영수 여사 장례 때, 배화여고 스승이었던 서예가 갈물 이철경
선생은 공개적으로 애도하였으나,
이희호 여사는 탄압받던 야당 지도자인 남편(DJ) 처지 때문에 몰
래 애도했다는 사연!

서유석 원로가수께서 무슨 말끝에 들려줍니다.

"우리 어머니가 이따금 청와대 들어갔다가 나올 때면 남몰래 육
여사가 봉투를…
주일마다 함께 예배하는 이희호 여사께 전하라는 뜻 알아챈 어
머니께서는 꼬박꼬박 전달…"

아…선 자리는 서로 달라도 인간적인 정은 살뜰히 챙기던 분들
의 미담…
이 시대에 다시 듣고 싶어라.

온몸이

"눈이 없는 사람은 등불을 빌리지 않는다."

인사동 어느 불교서점에서 본 수필집의 제목!

'왜 빌리지 않을까?'

궁금하면 못 참는 성격이라 들춰보기 시작…
마침내 해답을 찾았습니다.

"온몸이 눈이기 때문이다."

아… 전율을 느끼게 하는 말씀!
하마터면 울 뻔했어라.

하늘이

"하늘이 보내주신 분…"

요즘 어느 지인한테 들은 최상의 찬사!
그분과 부친의 평생 소원이었던, 그 조상을 세상에 알리는 책을
내가 내 주자 나한테 한 말입니다.

은퇴 후 내가 나갈 곳 마련해 준 게 고마워,
내 유일한 글재주로 해 드린 일인데,
이토록 좋아할 줄이야!

책 나오던 날, 구순의 부친이 임종했다니 더욱 기이하여라.

아…하늘이 보내준 사람…
이렇게 서로 고마워하며 살기…
이게 바로 천국 아닐까요?

장학금

대학 다닐 때 받은 장학금.

거의 8학기 내내 받았죠.

절대평가였던 그때…

전교 수석하면 등록금 면제에 현금도 얹어 주었죠.

장학금 못 받으면 고향으로…

결사적(?)으로 공부했죠.

그 덕분에 졸업해

모교 교수로 근무…

정년퇴직 다가오자 아내와 결정했습니다.

"더는 못할 망정…

8학기 등록금에 이자 보태…받은 것이라도 갚고 나가자…

퇴직수당 받은 데서 뚝 잘라…"^^

아끼는 것부터

1차 정동으로 옮기고, 아직 남아 있는 연구실의 많은 책⋯
인천 자기네 집에 500여 권 갖다 놓겠다며 찾아온 책벌레 강문
수 후배.
폭염 뚫고 와 책 고르다가 문득 이럽니다.

"형님이 아끼는 것들부터 골라 주세요."

후배 소장 책과 겹치지 않는 것만 골라 가랬더니
내가 즐겨 보던 책을 갖다 놓겠다는 것.
목록도 만들어, 언제든 와서 보게 하겠답니다.

"언젠가 이사할 때, 무려 2천 권⋯
눈물 머금고 버린 기억 있어서 그래요.
형님의 찢어지는 가슴 느껴져서⋯"

과부의 마음 과부가 안다더니,
고마워라.
후배 덕분에, 이제는 돈 주고도 못 구할 책, 많이 건졌습니다.

영어 번역

　내 석박사학위 논문부터 학술논문의 영문 요약을 대행해 준 박
길수 영어교육학박사!
　한 번도 거절한 적 없이 영역해 주었죠.
　가만히 생각하니, 100편 넘게 무료로…
　막역지우라지만 너무했다 싶어
　최근에야 과일 한 상자와 함께 보낸 문자.

미안해.
고마워.

그러자 즉시 날아온 답 문자.

"천만에!
내가 조금이라도 도울 수 있어서 무한 감사했던 일이야. ^^"

누구한테 이 말 하자 왈,
"사랑하는 사이였군요."ㅎㅎㅎ

얼마나 잘해 주었으면

요즈음 단골이 된 아현역 부근 어느 내과의원.
처음에 갔을 때 특이한 점.
원장, 간호사 모두 나이가 많습니다.
원장은 70대,
간호사 셋은 모두 50대…

여기 오래 다닌 분이 오늘, 알려줍니다.
이 간호사들 20년 동안 바뀌지 않았다고…
그 말 듣던 다른 단골 분이 하는 말.

"얼마나 원장이 잘해 주었으면…"

상처

"이 나무 좀 봐라. 옹이가 졌지.
옹이가 뭐냐. 나무에 생긴 흉터 아니냐.
상처가 났을 때 나무가 얼마나 아팠겠냐.
그런데 말이다.
옹이 진 나무가 오래 탄다.
제일 마지막까지 탄다."

박남준 지리산 시인이 인터뷰에서 한 말입니다.

누군들 상처가 없을까요…
그 상처가 우리를 단단하게 한다니…
그저 감사할 일입니다. ^^

새옹지마

고졸 후 은행에 들어가 차장으로 명퇴한 사람.
고졸이라고 승진에서 번번이 제외…
원통하였으나 세월 지나자 아니더라죠.
대학 나와 승승장구한 동료들…
일찌감치 구조조정당해 나가더라죠.

차장에서 진급 멈췄지만 장수하던 이 사람…
적당한 시기에 명퇴해 잘 지내고 있답니다.

인생… 새옹지마. ^^

30년 전 연하카드

내 사무실에 찾아온 87학번 제자들 넷.

"우리 이야기도 내일 아침톡에 나와요?"

"쓸 만한 내용이면 쓰지."

"쓰실 수밖에 없는 것… 진원이가 갖고 왔어요."

"뭔데?"

소파에 앉히더니, 쇼핑백에서 뭘 꺼냅니다.

연하카드.

서 선생… 잊지 않고 보내준 카드 고맙고 반가웠지요. 학교 생활은 어느 정도 적응이 되었겠지요? 선한 인상에 끊임없이 탐구하는 선생님으로 존경받으리라 믿고 기대하지요. 소식 주고 받으며 살도록 해요. 안녕. 1991. 12. 31. 이복규

정확히 30년 전… 1991년 12월… 임용고시 합격해 교단에 선 제자의 연하장 받고 보낸 내 답장!

여태까지 간직하다니… 감동이었습니다.

"아침톡 쓰고 말고!"^^

세 가지만

말기암 환자들.
치료해 주겠다는 사람한테, 이렇게 주문한다네요.
"세 가지만 요청 들어주면… 따를게요."
그 세 가지는?

1. 밥 좀 먹게…
2. 잠 좀 자게…
3. 통증 좀 없게…

기공치료사가 들려준 그 이야기 들으면서 생각했죠.
아…
밥 잘 먹고, 잠 잘 자고, 통증 없는 것.
이게 바로 행복…

17년간

만리동고개 만리시장에서 개업한 분.
축하하러 갔더니
건물 주인 전설 들려줍니다.

"17년간⋯주인 얼굴 본 사람 아무도 없대요.
관리인만 왔다갔다 한다네요."

더욱 놀라운 사실은?
"월세도 올리지 않아
17년 동안 겨우 10만 원 올렸대요."

아⋯착한 부자⋯^^

가시

EBS 세계테마기행…
필리핀 코른섬에서 물속에 들어갔다가 성게 가시에 발을 찔린
리포터.

아야야…

핀셋으로 뽑을 줄 알았으나 아니었습니다.
냅다 그 부위에 식초 붓는 현지 청년!

"좀 지나면 다 녹아요."

아… 우리에게 박힌 가시들…
억지로 빼려 말고… 녹여야 한다는 가르침. ^^

흉터

"노비 박작은놈이…
흉터가 왼쪽 목에 있음…"

조선후기 병적부에 빠짐 없이 나오는 흉터 기록!
왜 흉터가 이다지도 중요?

"양반은 곱게 살아 흉터 별로 없으나
군대의 대부분인 천민은 험하게 살아 흉터 투성이, 금세 구분할
수 있어 그런 것…"

고문서학의 원로 박병호 은사님이 일러주시며 덧붙인 말씀.
"조선후기(영조 때부터) 병적부 별명 뭔지 알아요?
파기(흉터 기록)…"

그 흉터에 얽힌 사연들 많았으련만, 이름만 남기고 사라져간 분
들…
그 흉터 덕에 오늘의 우리가 있겠죠?

인간극장

kbs1 tv 인간극장… 지인의 아들네 이야기라기에 봤죠. 두 형제 둔 상태에서 두 아이 입양해 함께 키우는 30대 부부…

다큐 제목 〈우리집엔 천사들이 산다〉 그대로 모두가 천사만 같아라.

첫 번째 데려온 요셉이는 핏덩이 상태로…

둘째 에스더는 한 달간 친모가 키우다 넘겨진 경우…

그 어린 것이 불안한 나머지, 한 달간은 잠자면서도 새엄마 손을 꼭 붙잡고 있더라네요.

이 아이가 커서 뿌리 찾으면 보여주려 간직하고 있다는 배냇저고리며…

친모가 놓고 간 정성의 흔적들 보이며 새아빠가 하는 말.

"입양아에 대해 오해들 하고 있어요. 사랑을 못 받아 버려진 아이들이라고…

아니어요. 이 물건들 좀 보세요. 어떻게든 잘 키워 보려다가 형편이 안 돼… 맡긴 거에요.

얼마나 사랑했으면 그랬겠어요?"

결혼도 안 하려는 이 시대에 이런 젊은 부부가 있다니…

못 받을 셈 치고

2006년 교육부 해외방문연구교수지원 받아 찾아간 곳.

카자흐스탄의 변경 도시 침캔트.

거기 사는 고려인들의 구전설화 조사하러 갔죠.

요즘 비상사태 선포된 알마티에서 기차 타고 무려 15시간 걸려 도착…

그곳에서 고려인 소개하고 먹여주고 재워 준 배대환 사장…

카자흐스탄에 우리 온돌 난방 보급한 전설적인 분…

잠시 귀국했다는 그분… 전혀 몰랐던 사연 들려줍니다.

만리타향에서 맨주먹으로 보일러사업 시작할 때 필요한 자금 5천만 원…

그곳 한글학교에서 봉사하던 김정복 장로님이 퇴직금 전액을 선뜻 빌려주어 성공했다는 미담.

"만약 실패했으면 한푼도 못 건질 텐데 어찌…?"

성공한 다음에 이리 묻자 그러더라죠.

"못 받을 셈 치고 준 것….'"

연암 박지원의 〈허생전〉에 나오는 변 부자보다 더 멋져라.

복된 열등감

언젠가 춘천에서 소설가 김유정 탄생 기념 학술대회가 열렸습니다.

최근에 작고한 김윤식 선생님이 흥미로운 발표를 했었지요.

김유정의 소설 문체가 그토록 유려한 이유는?

김유정의 열등감 때문!

고등학교 생활기록부 들췄더니, 지독한 말더듬이…

언어 교정 받으러 다녔다고 나와 있더라는 것.

자라서도 말 더듬어 친구들한테 놀림감…

지독한 말더듬이었다는 것과 유창한 문장력은 무슨 관계?

말더듬이라 놀리는 사람들을, 완벽한 글쓰기로 놀래주려다 도달한 경지일 거라는 해석이었지요.

그럴 듯하다고 생각했습니다.

복된 열등감. ^^

공기밥

지인과 함께 인왕산둘레길 돌기 전…
점심 먹으러 들어간 영천시장 입구 어느 해장국집!
5천 원짜리 콩나물해장국…
새우젓 넣어 먹는 맛이 어찌나 좋은지,
공기밥 하나 추가해 나눠 먹기로 했죠.

"돈 더 드려야죠?"
"그냥 드셔."

원 세상에…5천 원밖에 안 받으면서 공기밥 공짜라니…
온장고에서 꺼내다 먹으라니…

돈 많이 벌려는 음식점 같지가 않아라. ^^

외국어

"외국어 잘하면 착상이 빈곤한 편…"
"외국어 잘할수록 열등감 커져…아무리 해도 본토인만은 못해
서…"

영어, 불어, 독어 원서 척척 보고 말하는 은사님이 하신 말씀.
외국어 못해 열등감 많은 내게 참 위로가 됩니다.

착상이 많은 편인 나…
이제 보니 외국어 못해서 가진 능력?

아…공평한 세상. ^^

미나리

영화 〈미나리〉 주인공의 실존 모델인 정병훈(한길) 에덴약재농원 원장. 일가재단 소식지(《개척의 종》) 8월호에 실린 그분 글 읽고 비로소 안 사실들…

나도 찾아가 뵈었던 김용기 장로 가나안농군학교 출신, 기독교 신자라네요.

영화 속에서는 조그만 채소농장이나 실제로는 한국 배나무만 3천여 그루…6만 평 규모의 제법 큰 농장. 화재도 창고만이 아니라 실제로는 배밭에 번져 큰 손실을 입었답니다.

온난화 영향으로 가뭄 잦아 적자인 상황에서 불까지…

불에 탄 배나무들을 치우고 관상용으로 20여 그루만 남겨, 농약 치지 않고 방치한 결과 우연히 발견한 사실!

3년이 지나면서 스스로 세균, 해충과 싸워 맛있는 과일을 맺기 시작하더라죠. 스스로 약성(식물방어물질) 만들고 분비해 세균 물리치고 벌레가 먹지 못하도록 한 것…

여기서 착안해 에덴동산 농법을 연구해 에덴약재농원과 약초건강연구원을 운영 중이랍니다.

두 남매도 자연에서 건강하게 자라 남 돕는 감독과 병원장!^^

직원들 때문에

사무실로 찾아온 ㅇ 대표님.
"웬일로?"
"강북삼성에 의사 만나고 가는 길에…"
"병원엔 왜?"
"고지혈증과 혈당 체크하러…"
한참 대화하다 문득 하는 말.
"직원들 때문에 건강 챙겨요.
나 죽으면 직원들 생계 어떡하나 싶어서…"

참 마음 이쁜 대표입니다.
중학교 때 이미…봄동산의 꽃 보며…
이 꽃을 내가 앞으로 몇 번이나 더 볼 수 있을까…
인생이 뭔지 깨달아 철학과 들어갔다는 분…

맞습니다. 나는 혼자가 아니죠.
나도 더 많이 걸어야 하겠습니다. ^^

래포

"학생과 래포가 형성되기 전에는…
아무 말도 하지 않아요."

중고등학교에서 인기 교사였던 구자천 선생!
문제 학생 다룰 때 지켰다는 원칙이랍니다.
학생이 교사를 신뢰하고 친밀감 가지기 전에는
무슨 말을 해도 먹히지 않는다는 거죠.
반대로 교사를 신뢰하면 마음 열고 스스로 고민을 털어 놓는다
죠.
꼴등이던 어떤 학생…
상담 후 지금 프로 당구 선수 아무개라네요. ^^

아…말보다 래포부터!

흥얼거림

누가 행복한 사람인지 쉽게 확인하는 방법은?

흥얼거림!

늘 혼자 흥얼거리면 행복한 사람…

자존감이 높은 사람…

지인이 유튜브에서 들은 내용이라며 전합니다.

간구할 게 있으면 기도…감사하면 찬송…하라는 어느 목사님 설교와 함께…

평소 누구와 동행할 때도 흥얼흥얼하기 일쑤인 나…

언젠가 동행자가 '노래는 혼자 걸을 때나 하라'고 해서 무안했던 적도…^^

설거지할 때도 시종 흥얼흥얼!

아침톡을 읽고(긴 것 몇은 앞에, 나머지 짧은 댓글은 가나다 순 배열)

1. 방민(본명, 방인태) 작가

땡칠복

땡칠복(七福)! 아침의 일상 루틴에 땡칠복이 끼어 들어간 것은 다른 둘에 비해 얼마 안 된다. 일기 쓰기는 반세기가 넘었고, 체조는 40년쯤. 땡칠복은 십 년도 안 되지만 요즘엔 가장 먼저 하루를 여는 일차 루틴이다. 굴러온 돌이 박힌 돌을 빼낸 것과 같은 셈. 세상일이란 순서대로 가는 게 아니란 걸, 춘삼월 개화에서만 깨칠 일은 아닌가 보다.

지난 80년대엔 소위 '땡전뉴스'가 세간에 화제였다. 티브이 9시 뉴스를 시작하는 땡 시계 소리와 함께 화면에 등장하던 당시 대통령. 뉴스 가치로 보아 중요성이 떨어져도 늘 1순위로 나타나던 그 사람의 일정. 권위주의 정권의 일방적 행태에 국민은 불쾌했고 채널을 돌리기에 바빴다. 흘러간 땡전과 비교하면 지금의 땡칠복은 기다려지는 하루의 시작이 되었다. 어쩌다 안 오면 궁금하고 늦어지면 무슨 일이 있나 걱정이 앞서는 땡칠복.

오전 7시가 되면 휴대폰 카톡 화면에서 읽는 짧은 글. 복(福)자가 들어간 동갑내기 퇴직 교수가 발신자다. 땡전에서 빌려와 나름 명명한 것이 바로 '땡칠복'. 그는 월요일부터 금요일까지 쉬지도 않는다. 초기에는 토요일과 일요일까지도 왔다. 처음에는 그걸 보는 게 약간 귀찮아서 평일에만 하는 게 어떠냐고 했다. 기다리는 독자가 있어서 안 된다고 하더니, 얼마 뒤에 일요일만 쉬더니 지금은 토요일까지 쉰다. 나처럼 이 카톡을 보는 숫자가 천여 명이 넘는다 그런다.

땡칠복 '아침톡'은 이미 세 권이나 책으로 펴내기도 했다. 여기에 담기는 내용도 폭이 다양하다. 일상에서 겪은 에피소드와 사회 활동하며 만나는 다양한 사람들 이야기, 자연물에 대한 소소한 생각과 감정, 국문학자로서 관심이 가는 학술적 주제까지 막힘도 없고 제한도 없는 장강대하(長江大河)다. 이 중에는 시적 제재도 있고 수필가인 내 눈에는 쓸만한 글감도 더러 보인다. 분량으로 보면 100자에서 200자 내외. 장편(掌篇)형 수필, 또는 꽁트형 산문. 뭐라 이름을 붙이든 나에겐 그냥 땡칠복이다.

그는 매일 새벽 기도를 마다하지 않는 충실한 기독교 장로이다. 얼마 전에 50권째 저서를 발간한 뛰어나고 정열적인 대단한 학자다. 그런데도 매일 땡칠복을 보내온다. 체구도 작은데 그런 힘이 어디에서 나오는지 참으로 신기하고 불가사의다. 별달리 운동도 하지 않고 특별 보약이나 영양식을 먹는 것 같지도 않은데 하여간 알 수 없다. 세세한 중간 과정을 모르지만 드러난 결과를 보면 자못 부끄럽기도 하다. 가끔 수필 두어 편 끄적이는 나와는 너무도 다르기 때문.

그의 이름자 중 하나인 복(福)은 여러 의미가 있지 않은가 싶다. 당자도 건강하게 많은 일을 할 수 있는 것도 복이며, 다른 사람에게도 학문 서적이나, 짧은 글로도 복을 주는 일이 아닌가. 처음엔 다소 마땅치 않았던 '땡칠복'이 어느새 하루의 출발 루틴이 되게 하였다. 그와 함께 복 받는 나날이 오랫동안 이어지길 바란다. 봄볕이 따사롭게 창가에 비쳐드는 복된 아침. 내일도 땡칠복을 기대하며 하루를 연다.

2. 강문수 님(전 고교 국어 교사)

제 생각에 형님의 아침톡 짧은 글은, 단상형식의 파스칼의 《팡세》와 많이 닮았어요. 그렇지만, 팡세의 혼자만의 사색을 벗어난 점이 강점. 팡세도 이리저리 편집한 판본들이 존재하죠.

팡세가 기독교를 믿지 않는 사람들에게 절박한 마음으로 노골적으로 포교한 책이라면, 저에게는 형님 책은 은근히 숨겨져 있다고 보여져요. 그리고 우리가 함께 살고 있는 이 생에서도 행복한 공동체를 이루려는 점이 다르다고 생각해 보았어요.

팡세가 사색으로 신 없는 인간의 비참함을 지적하고 있다면, 형님은 바람직한 인간의 삶을 순화된 구체체화된 일화 형식으로 제

시하고 있다는 점이 정반대의 태도~ 꼭 종교적인 내용이 아니어도 모두에게 공감가는 이야기로 슬쩍 제시~

저는 설교 예화가 아니라, 은밀하고 간절한 복음 전파로 보았어요. 남들도 깨닫길 바라는 마음~ 은밀한 복음 전도의 꿈!

아침톡에 무수히 등장하는 이들을 통해 형님이 주장하는 것은, 종교나 신앙은 말이 아니라 행동의 변화라는 것이죠. 특히 종교가 없어도 소박하게 선을 실천하며 살아가는 서민들이야말로 오히려 종교인들이 본받아야 한다는 사람들이라는 생각도 곁들여 있다고 생각해요.

그런 점에서 파스칼과 의도가 같아요. 다만 동기 면에서 파스칼이 환락의 끝을, 형님은 은총의 끝을 보여주는 점이 다르죠.

3. 신덕룡 시인

몇년 전에 〈금쇄동에서 온 편지〉라는 시를 발표한 적 있어요.

"내 벗이 몇인가 꼽아보니/펼쳐놓은 다섯 손가락이 남습니다"로 시작됩니다. 고산의 심경을 빌어 쓴 것인데 사실, 내 쓸쓸함을 덧댄 것이지요.

그런데 이 형의 글을 읽으면서 쓸쓸함에 대해 다시 생각해 보네요. 우선, 사랑이라는 말이 떠오르네요. 이 말은 많이 생각한다는 것이라지요. 사람이건 사물이건 대상을 가리지 않아요.

가장 중요한 건, 대상의 편에서 생각한다는 것. 나 위주로만 생각했기에 쓸쓸함을 벗어날 수 없었던 셈이지요.

이형처럼 주변의 모든 것들에게 따스한 눈길을 보내고 대화를 하다보면, 우리 존재의 근원적인 쓸쓸함 또한 많이 덜어지겠지요. 그동안 잊고 지내던 소중한 것들, 불러내줘서 고맙소.

가까운 시일 내에 그리운 얼굴 한번 봅시다.

4. 권순긍 세명대 명예교수

선생님의 부지런함으로 아침마다 생각할 거리를 주어서 좋습니다. 제가 게을러서 일일이 다 답장을 못드리지만 '아, 이럴 수도 있구나'라고 생각하곤 합니다.

몸이 잠을 깨 일어나는 것처럼 '생각을 깨우는' 거지요. 선생님의 카톡은 잠들어 있는 '생각의 문'을 아침마다 두드립니다. "어서 일어나 드세요! 오늘의 생각할 거리를 차려 놓았습니다."

선생님의 카톡 글은 이를테면 우리가 잊고 있었던 '사소한 것들의 아름다움'을 알려줍니다. 황동규의 〈즐거운 편지〉에 나오는 절창 "사소함으로 그대를 불러보리라."처럼!

5. 박동수 님 (전 고교 교사)

세상에서 제일 행복한 분을 새 박사 윤무부 교수라고 생각한 적이 있습니다. 좋아하는 새들을 연구하고 직업으로 평생을 살아가는 …

교수님도 이곳저곳을 다니시며 남모를 어려움도 겪지만, 그에 따른 결과와 세상에 없는 또 다른 발자국을 남기시는 … 처음 만나뵙던 날, 교수님의 대표저술 전시를 보고 말씀드렸었지요.

항상 좋은 글로 아침을 열고 정중동의 삶을 살고 있는 교수님을 보면서 존경합니다. 그 바쁜 시간에도 주님과 함께하신 그 모습을 보면서…. 우리나라 도처에서 일어나는 현상들은 무엇일까 생각해 봅니다.

6. 이경옥 시인

아침마다 모닝톡 글을 보내주는 교수님이 계시다. 매일매일 전달해 주는 그 마음이 고맙다. 혼자만 보고 말아도 그만인 일을, 시간과 정성을 들여 함께 나누고자 하는 마음 때문에 꼼꼼이 읽는다. 가끔 귀찮을 때도 있지만 소소한 일상에서 건져낸 작은 풍경 하나가 감동으로 다가오는 날도 많다

좋은 글, 좋은 음악이 넘쳐나는 시대에 본인은 좋다고 전달해주는 카톡 내용이 시시때때로 카톡카톡 울린다. 정말 어떤 건 읽어보지도 않고 넘기는 내용들이 더 많은 것 같다. 오죽하면 카톡 공해라는 말이 있을까 싶다.

그런데 이복규 교수님 카톡은 때로는 지나쳐 내린 전철의 지명 이야기와 호칭에 관한 소소한 이야기 등, 아침에 읽고나면 슬쩍 미소가 번진다. 정말 소소한 일상에서 찾아낸 아주 작은 개별꽃 같은 얘기들이다. 글을 읽다보면, 아, 이분은 참 영혼이 맑은 분이구나! 느낄 때가 많다.

7. 강석우 시인

유익한 정보의 샘! 아침 카톡의 또다른 즐거움입니다. 주변에서 좋은 기운을 받으며 사는 것도 중요한 것 같습니다. 아침톡은 그 역할을 충실히 하고 있습니다.

8. 구미래 박사

민들레홀씨 톡. 미소와 지혜가 톡톡톡.

9. 권혁래 교수

어쩌면 이리 다양한 소식을 듣고 읽고 전하시나요? 오감을 열어 놓으시니 가능한 일이겠죠?

10. 김동명 목사

교수님에게 자극 받아서 저도 아침 편지 쓰게 되었습니다. 저의 편지에 자극받는 사람들도 있고요. 나비효과가 일어나고 있습니다!

11. 김선자 교수

매일매일
새로운 걸 배우고,
새로운 이야기를 듣고,
스스로를 돌아봅니다. ^^

12. 김영복 님 (진품명품 고정출연)

길지 않고 싱싱한 글, 너무 좋습니다.

13. 김영진 의사

쌩유 *^^* 중독이 돼놔서… 안 보면 금단증상이 발현 … ㅋㅋ

14. 김한나 주부

앞으로 마주할 인공지능 시대에 인공지능에게 대체되지 않으려면 인간 고유의 능력, 깊게 생각하는 능력을 길러야 한다고 하는데, 모닝톡을 보며 잠시나마 생각하는 시간을 갖고 하루를 시작할 수 있어 참 좋아요. 인공지능에게 대체되지 않도록 훈련시켜 주서서 감사합니다~.

15. 남연호 천도교중앙도서관장

선배님께서 매일 아침 보내주신 글을 읽으며 용기를 내고는 합니다. 수시변역(隨時變易)에 변화하지 않는 한울님 뜻이 있으니, 자강불식(自强不息)하는 군자에게서 그 모습을 읽어냅니다.

16. 류광미 시인

교수님! 가끔씩 배달 댓글 전해드려서 아시겠지만… ㅎ 제가 교수님 글을 5명이 하는 단톡방 두 군데 그리고 4명 등등 약 20명께 배달합니다. ㅎ

오늘 글은 공감된다는 답글이 왔길래 ㅎ 이제 배달하기 귀찮아서 바로 교수님께 전화번호 드립니다. 경북 안동에서 중학교 도덕 선생님으로 30년 가까이 근무하고 있습니다.

17. 박금빈 세무사

쇼펜하우어나 버나드쇼의 형이상학적인 명언보다 우리의 일상 가까운 데서 일어나는 주옥같은 경험담이 가슴에 와 닿습니다. 어찌 그리 수많은 경우의 수가 장로님의 인생에 일어났는지, 또 그것을 읽는 이의 심금을 울리게 표현하는지 경이롭습니다. 앞으로도 더 많은 글을 생산하여 독자의 나아갈 바를 기록으로 남겨주시기 바랍니다.

18. 박수밀 교수

가벼운 듯 콕콕 찔러주기도 하고 촌철살인도 있고 감동도 있고…짧은 내용에 긴 생각을 주는 시대 정신이 요구하는 글을 쓰고 계셔요~

19. 박수진 작가

만나는 분들이 다양하네요. 우리 교수님은 많은 분의 고민 해결사세요.

20. 배원정 큐레이터

제게는 교수님 아침 톡이 치유입니다. ^^

21. 백은하 동화작가

요즘 동아리 사람들에게 교수님 모닝톡 가끔 보내주는데~~ 괜찮죠? 교수님 이름 넣어서 보냅니다. ㅋㅋㅋㅋ 표절 아니고요~~ ㅋㅋㅋㅋㅋ 모닝톡으로 생각들 공유하려고요~~^^

22. 복길화 마포문화재단 문화정책부차장

일상의 단상이 선생님의 글 안에서 오랫동안 잔상이 되어 남는 느낌입니다. 항상 좋은 글귀로 선한 기운을 불어주셔서 고맙습니다.

23. 신수일 갈등해결센터 대표

이젠 선생님의 아침 글이 기다려집니다. ^^ 묘한 중독성이 있는 것 같습니다.

실제 겪은 실화나 경험 등이 저의 삶을 살아가는 데 감초가 되어버린 듯합니다. 읽어보면서 삶을 되돌아볼 수 있는 소중한 글을 주셔서 다시금 감사의 뜻을 문자로 드립니다.

24. 신윤승 교수

맑은 눈으로 주변에서 일어나는 일들에 의미를 부여하고 글 속에 담아 성실히 배달해 주셔서 감사합니다~~^^♡

25. 안병걸 안동대 명예교수

글이 짧아져서 좋습니다. 일본 하이쿠 번역서, 두 줄도 길다…
문득 생각납니다.

26. 안수정 박사

공감할 수밖에 없는 진실한 이야기들. 남들은 붙잡아쓰기 어려
운 짧은 순간을 매번 묘사하시는 순발력과 부지런함과 깨어있음
에 대해 자주 감탄합니다. 이 겨울 벌써 농사를 준비하시는 어른
들 눈에 보이는 것들을 저도 발견합니다. 새벽부터 힘든 몸을 깨
워 곧 다가올 일들을 저도 준비합니다.

사람마다 가진 독특한 재능과 삶의 방식에 대해 공감하고 소통
하며 살고 싶습니다. 그래서 때로 친구들과 교수님의 글을 공유합
니다. 이끌어주심을 느끼고 감사드립니다.

27. 위경환 작가

아침을 깨우는 의미 있고 유익한 장편 스토리 감사합니다. 교수
님 글을 읽으면서 성찰하는 시간이 늘어 났다는 게 큰 소득입니
다. 이 글을 쓰시느라 애쓰셨다는 것도 잘 알고 있습니다. 넙죽넙
죽 받아 먹는 느낌이어서 죄송~고맙습니다.

28. 유영모 박사

매일 아침 일정한 분량으로 임팩트있게 쓰시는 글에 탄복하고

있어요. 어떻게 하면 그렇게 되죠? 짧은 분량 안에 이렇게 담으시는 능력이 예사롭게 보이지 않는데, 긴 세월 내공이 쌓인 결과겠지요. 재미, 의미 다 담은 정말 보석같습니다.

29. 이만열 선생님

잘 읽고 있습니다. 글쓰는 방식도 독특하거니와 독자와의 즉자적인 소통방식, 부러워라. ~^~

30. 이선경 주역학회 회장

밥 먹고 잠자는 일 외에, 무언가를 매일 한다는 건 정말 귀한 일인 거 같아요. 선생님 덕분에 매일 아침이 신선합니다~~^

31. 이순희 시인

아침톡 너무 좋습니다. 그리고 서로 교감을 할 수 있으니 소통 부재의 시대에 살아있는 생동감을 주지요~

32. 이창순 권사

매일 아침마다 올려주는 이복규 장로님의 글에 감사를 드립니다. 끊임없이 글의 소재를 찾아내고 미려한 필치로, 둔해지는 우리가 알기 쉽도록 표현하는 글솜씨와 열정에 감탄을 금할 수가 없네요. 감사합니다.

33. 이헌홍 부산대 명예교수

다양한 소재를 제재로 녹여내는 솜씨, 이에 주제를 불어넣어 감칠 맛을 제조하는 기술, 다양한 소재를 발굴하는 삶과 열린 인간관계의 면면들… 읽는 재미의 즐거움에 어쩌다 한마디 댓글을 답니다.

34. 정규창 PD

매일매일 글을 쓴다는 것이 얼마나 힘든 일인지 잘 알고 있습니다. 아침마다 선물처럼 날아오는 교수님의 정성, 감사합니다.

35. 정덕교 님(전 고교 국어 교사)

형님 글, 잘 받아보고 있습니다. 그 글에서 저는 변함없는 40여 전 형님의 섬세하며 따뜻한 모습을 그대로 느낄 수가 있습니다. 물론 올곧게 살아오신 내공도 엿볼 수가 있습니다. 성정이 과격하고 모난 제게 형님의 글은 제 어깨와 등을 다독거리는 손길로도 느껴지고 저를 다시 보게 하는 명경과 같은 글이기도 합니다.

36. 정연화 권사

매일 아침 소소하면서도 좋은 글 보내주셔서 감사합니다. 짧은 글에서 때론 미소를 때론 감동을 때론 지식을 얻게 됩니다.

37. 조규익 숭실대 명예교수

보내주신 글을 모아 읽다보니, 세상은 참 다양하고 사는 모습들도 천차만별인데, 모두가 내 선생님들임을 깨닫습니다.

38. 조방익 원장

하나의 소재로 쉽고 짧게! 이것이 철부지 교수의 톡톡 장수 비결~~^^

39. 차정연 집사(형수님)

나는 오늘 파마 말고 기다리는 중 어떻게 시간을 보낼까~ 생각하던 중 삼촌의 글 카톡을 보기로 했어요. 여러 사람의 삶을 보며 아름답게 열심히 살고 있구나 존경스럽다 하는 생각이 드네요. ~ 단편소설을 본 기분, 행복했습니다.

40. 최계량 관광해설사

서중유화(書中有畵 : 글 속의 그림)

늘 잔잔한 외유, 항상 따뜻한 움직임, 그 속에서 유유자적, 쳐다보이는 부러운 사유, 행복 바이러스 날려주시는 선생님 고맙습니다.

41. 최상열 부사장

교수님 글을 보면서 느끼게 된 것 두 가지. 매번 반복되는 일상임에도 찾는다면 소재가 무궁무진하다는 것, 흔한 일이 오히려 설득력 있고 공감하게 된다는 것.

교수님 아침 톡에는 따뜻함, 평범, 배려, 관용, 포용, 중용 등이 있습니다. 아침 톡 읽는 시간이 힐링의 시간입니다.

42. 허홍범 추사박물관 학예연구사

우리를 돌아보는 따듯한 시선, 시대를 조망하는 날카로운 면도날, 삶의 여유와 인간미를 전하는 아침톡!! 톡톡 터지는 청어알 같은 아포리아 만세, 만만세!!

사소한 것들의 아름다움

초판 발행 · 2024년 10월 24일

저　　자 · 이복규
사　　진 · 김기서
발행인 · 한은희
편　　집 · 조혜련

펴낸곳 · 책봄출판사
주　　소 · 경기도 고양시 덕양구 통일로 1276-8 (킹스빌타운 208동 301호)
　　　　　서울 중구 새문안로 32 동양빌딩 5층 (디자인 사무실)
전　　화 · (010) 6353-0224
블로그 · https://blog.naver.com/anjh1123
이메일 · anjh1123@nate.com
등　　록 · 2019년 10월 7일 제2019-0000156호

ISBN 979-11-980493-9 03810